忌み子の姫は夜明けを請う

四ツ国黎明譚

実緒屋おみ

宝島社
文庫

宝島社

忌み子の姫は夜明けを請う
四ツ国黎明譚
実緒屋おみ
Omi Mioya

目次

用語紹介

四ッ国
中央大陸よりも東南に位置する島国。金冥、炎駒、聳木、端水の国から成り、かつては中央に土鱗の国があった。

天乃四霊
四ッ国の守護神である白虎、朱雀、青龍、玄武の総称。

夜霧
二百年前より四ッ国全体を覆っている謎の現象。
触れると吸い込まれて消えてしまう。

夢魔
人や動物の体の一部が合体した奇怪な生き物。
民や家畜に危害を与える。

痕
四ッ国の民は十歳のときに痕というものを受け継ぐ。
天乃四霊——青龍、朱雀、玄武、白虎のいずれかから
祝福を受けた証で、その属性に応じた術を使うことが出来る。

光源士
己の寿命を削り、夢魔を遠ざける結界を灯す者。
その負担は肉体、精神ともに激しく生きる人柱とも呼ばれる。

序章　夜に生きる

「あなたはどうして、ここにいるの？」

この世界に月はない。陽もない。あるのは延々と続く夜だけだ。

少なくとも俊耿が産まれる前から——宮の壁に刻まれている無数の跡が示す月日から数え、百四十年。未だ夜霧が四ツ国を包んでいるのは間違いないだろう。

「ねえ、どうしてこんなところにいるの？」

少女の声は本を読む俊耿にはわずらわしい。少しばかり興味はあるが。

無視し、遠くの光源士が灯す昼の明かり、白色の微光に照らされる書物へ目を落とす。

「あたしは暁華。あなた誰？　どうしてこんな深い森の宮にいるの？　ここがあなたの住まいなの？」

「質問は一つにしなさい」

呆れながら発した言葉で、俊耿はほぼ五十年ぶりに誰かと話したことに気付く。それと同時にまばゆい光が揺れ、階段側を照らした。

仄かな甘い香りがするということは、光源は少女が持つ蜜蠟なのだろうと思い至る。

かぐわしい匂いに負け、本から視線をやれば、幼い娘が笑顔でこちらを見ていた。年の頃は十歳前といったところだろうか。

黒い長髪に、好奇心に満ちた灰色の瞳。胸まで引き上げられた桃色の裳、紅色の薄い衣には細かに梅の刺繍が入っており、この暗い宮にそぐわない華やかさがある。

「本がいっぱいあるね。これ、全部あなたの？」

蜜蠟の角灯をあちこちにやる少女――暁華は楽しそうだ。

俊耿はため息をつき、本を閉じて積まれた書物の上に置いた。

暁華が整頓されていない本や竹簡の山をすり抜け、よりこちらへと近付いてくる。

「ここに来てはならないと、あなたは誰にも教わらなかったのですか」

「知ってるよ。ここが禁忌の宮だって。いらないものを捨てる場所なんだよね？　お父様……あ、違う、父帝様にも兄様にも内緒で入っちゃった」

「ではあなたは公主だと。金冥の国の」

「そうだよ。それであなたは誰？」

「……俊耿」

他人に名を教えるのはこれがはじめてだ。死んだ母につけられた名を、なぜ教える気になったのか自分でもわからない。ただ、彼女という異質な存在に好奇心があったからかもしれない。

俊耿、俊耿、と何度も名を呟き、暁華は笑みをより明るくさせた。

「俊耿はすごく綺麗な男の人だね。白い髪も金の目も、たからものみたい。肌も白いし」

「名は教えました。今すぐここから立ち去りなさい」

角灯をこちらに向け、褒めてくる暁華を俊耿は一蹴した。声音をできるだけ硬くし、まぶし過ぎる光に目をすがめながら。

「あなたがここにいる理由、まだ聞いてないよ」

それでも彼女の興味はまだ尽きていないようだ。好奇心や聞きたいことは俊耿にもあるが、警戒の方が強い。

「私のことは忘れなさい。さあ、早く。そろそろ夜を示す色になる。周りのものに心配をかけてはいけません」

発した言葉に、暁華ははっとした様子で窓を見た。光源士が灯す色は藍色に変わろうとしている。藍色は夜を示す色。夢魔も出る危険な時間帯だ。

「……うん」

小さく言い残し、彼女は角灯を持って背を向けた。書庫と化している本の間をくぐり抜け、その小さな姿を消す。

階段を駆け下りる音が大きく響いた。俊耿は長い呼気を吐き、少しだけ、ほんの僅かに後悔する。

金冥の国の帝は今、何代目なのか。母を孕ませ、自分をここへ追いやった皇弟は死んだのか。母の弟、叔父はどこにいるのか——

聞きたかったことを考え、かぶりを振った。長く伸びた白髪が揺れる。そんなもの、自分には関係ないと思い直して。

この宮はきっと自分の生まれ落ちた場所であり、同時に墓場となるところだろう。延々と続く夜霧が晴れないように、路傍（ろぼう）の石ころと変わらぬ生活を送る身分が変わらぬように。

椅子から立ち上がり、宮の最上を目指す。完全に藍色となった光源が窓を染めている。

石造りの階段を上り、木の扉の錠を開けた。むっとした悪臭が鼻をつく。

奥にあるのは死だ。正確に言えば死骸の山だ。夢魔の死体が放りこまれる、もう一つの墓場。

山羊（やぎ）の体に虫の羽をつけたもの、人の体と蛇の頭が合体したもの——これら奇怪な生き物は総じて夢魔と呼ばれる。民や家畜に危害を与える夢魔たちからは、すでに腐った匂いがしていた。

俊耿は血と臓物、体液でぬかるむ床を踏みしめ、服と呼ぶにはあまりに粗末な衣を汚すこともいとわず、死体を漁る。できるだけ新鮮な、死んだばかりの夢魔を食らうために。

ちょうどよく、ワシにマスの頭がついた死骸を見つけた。無造作に掴み上げるとその体が小刻みに動く。久しぶりに新鮮な肉が食べられそうだ。

味など気にもしていられないが、腐肉よりかはまだいい。死体の山から抜け出て、かまどの方へと向かう。

「火よ」

言葉によって無から火が生まれ出る。暗闇の中、手の甲で赤くまたたくのは羽を広げた鳥……いや、朱雀（すざく）の文身（いれずみ）だ。

なかば朽ちた鍋の上に夢魔を投げ、手のひらに宿った炎で肉を焦がせば、油のいやな匂いが充満した。俊耿が灯した仄(ほの)かな赤い光が消える。朱雀の姿が消えていく。

「水よ」

俊耿のささやきが、今度は指先に青い光を灯らせた。近くにあった木の椀の中に、比較的清らかな水が満ちる。金の瞳の中に浮かぶのは、亀の甲羅と蛇の尾を持つ玄武(げんぶ)の姿だ。

この世界、すなわち四ツ国に住むものは、十歳のときに痕(こん)というものを受け継ぐ。遙か昔、島国を守っていたという天乃四霊(てんのしれい)——青龍(せいりゅう)、朱雀、玄武、白虎(びゃっこ)。眠りについたとささやかれる神々から祝福されたことを意味する痕は、一人一つしか持つことはない。

ゆえに二つの痕を持ち、あらかじめ決められた詠唱を放たず術を使う俊耿を見たものならば、誰もが恐れおののき、忌避するだろう。

呪痕士(じゅこんし)だ、と。

二百年前に滅んだ国、土鱗(どりん)の国の住人はみな、呪痕士と呼ばれる民だったという。すなわち、痕を複数持ち、あらゆる痕術(こんじゅつ)を操ることができる異端の存在だと。

四ツ国に資源を狙われ、滅ぼされた土鱗の国。栄華を極めた故郷を語る亡き母は、幸せそうだった。幼い自分がわかるほど、哀れで愚かなまでに。

炎にじんわりと焼かれ、死んでいく夢魔を見ながら思う。故郷、郷愁。そんなもの今の俊耿にはない。宮の中で産まれ、そして誰にも看取(みと)られず死ぬのだろう。

それでいい、と思い、冷ました夢魔を食べた。

今日の夢魔は、意外と美味に感じた。

※　※　※

四ツ国と呼ばれる島に我々は住んでいる。

世界地図を見たとき、中央大陸よりも東南に位置する島国だ。だが我らの国は現在、他国の地図上で黒く塗り潰されていることと推測する。

二百年前、『夜霧囲い』と呼ばれる現象によって、何人たりとも出入りが許されなくなった島国の伝承を知るものは、国外では酔狂な学者や高名な賢者だけだろう。

夜霧には触れられない。先へ突破することも敵わない。なぜなら、髪一本でも触れれば吸い込まれて消えてしまうからだ。比喩ではなく、どこか、我々の知らない場所へと瞬時に消滅する。消えたものの成れの果てが夢魔だという噂も聞くが、これには精査が必要だろう。夜霧に触れて帰ってきたものは、誰一人、何一つとしてないのだから。

なぜこうなったのか、夜霧が発生したのか。四ツ国——金冥、炎駒、聳木、端水の国のものなら寝しなに聞かされているだろう。

今は亡き中央の王国、土麟の国との戦によってそうなったということを。

金冥を守る白虎、炎駒を守る朱雀、聳木を守る青龍、端水を守る玄武——我らの神々たる天乃四霊も、二百年前から姿を見せない。

夢魔と呼ばれる存在の発生。夜霧という力によって途絶えた国交。消えた天乃四霊。謎は多いが人々はたくましく生きている。守護神を失っても、なお。そうする他ないからだ――

※　※　※

……そこまで巻物を読み終え、俊耿は嘆息した。

「俊耿、聞いてる？　兄様は鳥の過敏症なんだって。こないだ高熱出して倒れちゃったんだよ」

たびたび忠告を無視し、宮へ来る暁華と多少話すようになって数ヶ月。よっぽど暇らしい。彼女は苛立つほど無邪気に語る。俊耿が本を読んでいるときも、外を眺めているときも、お構いなしと言わんがばかりに。

「鳥、かわいいのに。羽が近くにあるだけでもだめなんだって。咳も出るみたい。だから……そく、そくいしき？　の服を取り替えるのにみんな大変だったんだよ」

「公主だというのに、随分余裕があるのですね」

皮肉を込めて告げれば、彼女は豪奢な服を汚すことも気にしていないのか、階段に座りながらうなずいた。

「兄様が帝になったんだもん。あたしは炎駒の国へ嫁ぐんじゃないかな。まだ相手、決まは、彼女は幼過ぎる。


ってないけど」

彼女は饒舌だ。俊耿が何者かを問うこともせず、次々に話題を繰り出してくれる。

「父帝様はね、十代目。兄様が十一代目になったよ」

「あなたの曾祖父……先々代の帝には弟がいたはずですが」

「亡くなっちゃったって。もうかなり前。そんなことも知ってるんだね、俊耿」

なるほど、と俊耿は納得した。

母をさらい、自分を孕ませた男の末路はどのようなものだったのだろう。それを聞くには、彼女は幼過ぎる。

「ねえ、何か話してよ。俊耿のことは聞かないから」

何かと言われても、と、つまらなさそうに階段下の入口を見つめる暁華の言葉に、冷ややかに思った。

四ツ国や夜霧の成り立ち、二百年前にあった土鱗の国との戦い、その程度は王族としてたしなみに聞かされているだろう。

「とりたててあなたに話すことはありません」

「昔の本が多いよね、ここにあるの。難しくない？　あたしは読めないよ」

「読み書きは母に教わったので、特には」

「俊耿のお母様ってどんな人？」

「愚かな人でした」

淡々と返せば暁華が後ろを、俊耿の方を振り向く。何かをしゃべろうとして、小さな口が開いたのを俊耿も見たが、言葉はなかった。

「……あのね、俊耿」

少しの静寂ののち、暁華がささやいた、そのときだった。

下の階、入口の扉が大きく開く音が響いた。びくりと彼女が肩を震わせる。

足音の数、総数十か、と俊耿は冷静に考えた。

宮を上ってきたのは、暁華と同じ黒髪と銀の瞳を持つ青年だ。周りには護衛と思しき兵たちが九人いる。青年は猛獣の羽毛がついた外套をたなびかせ、切れ長の目で俊耿を見つめる。

「傑倫……兄様」

暁華が俊耿を庇うように前に出た。

笑いもせず、叱りもせず、青年――傑倫は黙って暁華の小さい肩を掴んで、退ける。

「俊耿。我が国の恥にして汚点たる男」

玲瓏な声が涼やかにこだまする。ああ、と俊耿は微笑んだ。

今日が自分の命日なのだろうと思えば、笑みも浮かぶというものだった。

「貴君をここから追放する。二度と、我が金冥の国には入ることのなきように」

「兄様！」

「これは帝として最初の主命である。何人もこの命に逆らうことなかれ」

俊耿は珍しく呆けた。まだ生き長らえるのかと。処刑ではなく追放とは、新たな帝は随分と慈悲に満ちているらしい。そんな皮肉を紡ぎたくなった。

傑倫の横にいた兵士が、無造作に麻袋を地面へ置く。

「ここに支度金と服を準備させた。百両もあればしばしの間、他の国で生きるのに不自由はしないだろう」

「兄様、待って！　俊耿は何もしてない」

「先程も言ったはず。主命だと」

暁華がうろたえるように、俊耿と傑倫を見比べる。泣きだしそうなおもてに、俊耿はただ立ち上がった。

「お心、感謝いたします」

嘘をついた。何一つ嬉しくもないのに。

「今すぐに支度せよ。馬も一頭くれてやる。……誰か、暁華を連れていけ」

「せめて俊耿を見送らせて！」

「失礼、公主様」

兵士の一人が叫ぶ暁華をやすやすと持ち上げた。抱えるようにして階段を降りていく。

暁華は兵の腕の中で暴れていた。金属製の歩人甲に、柔らかそうな拳を何度もぶつけて。

やめなさい、と俊耿は思う。その拳の痛みを受け入れるには、あまりにも自分は虚ろ過ぎるように感じたために。

こんな心があるのかと驚き、自嘲しつつ、衆人の前で身支度を整える。肌をさらす羞恥など、これっぽっちも感じない。

それから兵士に囲まれ、宮を出た。

光源士が灯す色は夜を示す藍色。

深い色を浴びながら、俊耿は一度だけ宮を振り返る。

森に隠された禁忌の宮。生まれ落ち、長年暮らしていた場所へも、全く感慨に耽(ふけ)られなかった。

（私はどこへ行くのだろう）

脳裏を掠(かす)めた疑問に、不思議と一瞬だけ暁華の笑顔が浮かんだ。

第一章　心は彷徨い

自分の名を呼ばれた気がして、俊耿はまどろみから目覚めた。

巻物が石の床に転がっている。どうやら調べものをしているうちに、多少うたた寝をしていたようだ。

あくびを堪え、椅子に腰かけたまま手を伸ばして巻物を拾う。この書にも土鱗の国の詳細は載ってはいない。青い直領の衣と半臂を揺らして立ち上がり、巻物を棚に戻す。竹簡や書物が棚のほとんどを占めていた。

「また行商人に頼みましょうか」

ささやき声が吐息となり、近くにあった獣脂の明かりを揺らす。

遠くから音楽が聞こえる部屋の中、そこは書物と薬草に溢れている。石造りの家は平屋で、夜になると隙間風が入り、少し肌寒い。

それでも俊耿はここ、炎駒の国の村落――旋に文句はなかった。三年ほど滞在しているが居心地がいい。自然に恵まれた邑では、魚や果実もよく採れた。

針葉樹が並ぶイヒヤニ森林を越えた先には街道があり、金冥の国との国境が設けられている。馬で二日はかかる距離のそこには、追放された十年前から行っていない。行く理由がない。

今や医者、そして学者として邑での地位を確立させた俊耿にとって、排他的ではない旋の邑は住み心地がよかった。

だが、と近くの鏡を見る。

鋭い金の瞳に短く結った白髪。白めの肌。風貌はとりたてて変わる様子を見せない。皺一つないおもても若々しく、二十代と未だに勘違いされる。

（このままでは怪しまれるでしょうね）

嘆息する。次の祭り前には、遠くの邑かもっと大きな中邑に移動した方がよさそうだ。寿命が尽きるそのときまで、呪痕士であることを隠したまま生きなければならない。

もう一度大きく呼気を吐いた、そのときだ。

「寝ているのか、俊耿」

軽く戸を叩く音に振り返る。声に馴染みがあった。邑の猟師である翻のものだ。

「今、開けます」

先程名を呼び、自分を目覚めさせたのはきっと彼だろう。足早に戸を開けた。

「すまないな。鹿が捕れたから、肉を塩漬けにしたものを配って回っていたんだ」

冷たい風の中、披帛を二重に重ねた翻が、微笑して手にしたかごを見せてくる。

「わざわざありがとうございます」

「いつもいい薬を作ってもらってるから、その礼さ。気にするな」

俊耿は竹かごを受け取り、戸から外に出た。あまり家の中を探られたくはない。

よそよそしい態度にもかかわらず、翻の笑みは変わらなかった。空に広がる色——光源士が灯す明かりは朝を示す橙だ。とはいえ、森の中にあるここ近辺の光は若干、弱々しいのだが。

　そんなことも意に介さず、翻は大仰に肩をすくめてみせた。

「そろそろ納税の時期だな。炎駒はいいよ、帝様たちもまともだ。金冥は、どうもな」

「……隣が、何か？」

「村人たちへ苛税を強いているらしい。それに……雑技団の連中から聞いた話だが」

　無精髭が生えた顔を近付け、翻が僅かに眉を寄せる。俊耿は内心でため息をつきつつ、雑談に乗ってやることにした。

「虚ろ子だよ。虚ろ子が隠れて生きていたんだと、金冥の祝って邑で」

「虚ろ子が……？　匿われていたということでしょうか」

「そのとおり。十一歳だったな、確か」

「その子どもはどうなったのですか」

「学者様らしからぬ問いかけだ、俊耿。見つかって死罪になったよ。当然だろ？」

　鼻で笑う翻に、俊耿は何も言わず、ただ瞼を伏せるだけにとどめた。

　虚ろ子とは、本来あるべき天乃四霊からの祝福——すなわち痕を持たないもののことを指す。災厄の象徴と恐れられ、家畜以下だと罵倒され、天乃四霊に戻すという大義名分をもって処刑される存在なのである。

痕術が使えないだけならまだしも、虚ろ子が生まれた邑などには夢魔が多く出てくるという。あくまで仮説だが、虚ろ子がいるから夢魔も出る、と逆説的に解釈する学者や賢人もいるくらいだ。

全く力が使えないというのは、どういう心境なのだろう。絶望だろうか、苦しみだろうか。あらゆる痕術を操れる、呪痕士の自分には到底わかりそうにない。

無言を貫く俊耿から顔を離し、翻は頰を指で掻きつつ笑みを消す。

「金冥の帝様も、数ヶ月前から何やらきな臭くなりはじめたと聞くしな……まあ、所詮（しょせん）は人様の国。詳しく知りたかったら雑技団が飯店（はんてん）か邸店（ていてん）にいるから、彼らに聞くといい」

「そうします」

うなずきながら、俊耿は嘘をつく。金冥がどうなろうと自分には関係ないのだから。

「それじゃあな。まだ肉を配って回らなきゃならん」

「ええ」

大きな竹かごを持ち、去って行く翻に、気付かれないようため息をついた。

虚ろ子のこと、金冥のこと。両方に興味がない。一瞬だけ、十年前に交流があった少女、暁華（ぎょうか）の顔が脳裏に浮かんで消える。彼女は確か、炎駒（えんく）に嫁ぐと言っていたはずだ。だが、それらしい噂はさっぱり聞いたことはなかった。

空を見上げる。橙の光が強まっていた。その上に鎮座する夜霧は、相変わらず脈動し、気味の悪い稲光（いなびかり）をまとわせている。

夜霧を見ると、どこか落ち着かない気持ちになってどうしようもない。得体の知れない感情がこみ上げてくるのは、自分が、土鱗の血を引くものだからだろうか。それとも別に答えがあるのか。

つらつらと考えることに、疲れた。大きく呼気を吐き、家の戸を開ける。玄関先にあった木桶を持ち、水を汲みに向かおうと歩き出す。

菩提樹(ぼだいじゅ)の横を通り過ぎ、にれの森の中を歩いていく。途中、ついでに薬草を摘(つ)んだ。カンゾウの葉が特に艶(つや)めいていた。これは毒性を緩和し、痛みや関節の腫(は)れによく効く。

「やあ、俊耿。いい朝だね」

「お疲れ様です、梁(りょう)」

湖の畔(あぜ)で邑の光源士、梁と出会った。彼は膨らみのある袴に、裾を前で結んだ上衣(うわぎ)を着ている。

胸に輝くのは銀糸で縫われた朱雀の刺繍だ。普段着でも天乃四霊の象徴をつけることは、光源士にしか許されない特権だった。

「昨夜も大変だったでしょう。おかげで夢魔は出てきていませんが」

梁は小さくうなずく。手にした環首刀(かんしゅとう)を鞘(さや)に戻しながら。

その小刀は切るためのものではない。光の術を使う媒体なのだ。四ツ国に住むものならば誰もが必ず、一つだけ使える痕術。梁はその中でも、光を操れる稀有(けう)な存在だった。

「当たり前さ、俺たちがいるんだから。あいつらは光を嫌う。正直体も限界だけど、女房のためにももう少し稼いでおきたい」

「ご無理はなさらず。明玉（めいぎょく）さんもまだ織り子で働いている。妊婦なのに無茶を」

「無茶な夫妻同士、息が合うってものだよ」

こけた頬で梁が笑う。茶色の瞳は疲れているように俊耿には見えた。一晩中、気を張り詰めて光を灯し続けていたのだ。当然だろう。

光源士は人の住む場所には必ず配備されている生きた道標（みちしるべ）であり、結界（けっかい）だ。光があるところに夢魔はなかなか入ってこられない、という説に基づいて、才あるものが国から選ばれる。生きる人柱とも呼ばれるだけあり、その負担は肉体、精神ともに激しい。

「のちほど明玉さんの体調を診（み）に行きます」

「それは助かるな。医者の君に診てもらえば女房も安心するはずだ。さて、ちょっと寝てくるか。また今度、俊耿」

風に揺れるほど痩せこけた体を引きずり、梁は広場の方へと歩いていった。後ろ姿を見たのち、俊耿は少しだけ目をつむる。

医者として、学者として、なるべく地味に、それでも着実に自分は邑へ貢献してきた。だがそれも、梁や他の光源士を見てしまうと無価値なような気がする。

あの様子ならば彼は間もなく、引退だ。次の光源士に選ばれるのは誰だろうか。光の痕術に長（た）けるものはそう多くはない。

——自分を除いて。

俊耿は軽く首を横に振り、陰鬱な気持ちを追いだした。

目を開け、再び歩きだす。目的の湖はすぐそこだ。

青さが際立つ湖で子どもたちと適当な挨拶を交わし、水を汲み、顔を洗った。

手近な赤いシュウの実をもぐ。酸味のある果実をかじり、俊耿は家に戻った。

実を食べ終え、水を石窯に移す。鹿肉は冷暗所に置いておいた。少し悩んだのち、飯店へ行くことに決める。まだ朝だが、明玉の様子が気になった。

棚を見る。気付け薬、痛み止めの軟膏、出血を抑える飲み薬などを小瓶に入れた。

瓶を革の鞄に詰め込む。また行商人が来るかもしれない。本を買おうと貨幣も用意した。

風は相変わらず冷たかった。銀糸にも見える白髪が舞う。飯店へ寄ったついでに、主人に髪を梳いてもらうのもいいかもしれない。

少しばかり村の中央部と距離があるここは、朝になっても光が薄い。羅針盤がなければすぐに迷うだろう。目的地までの道程を覚えているなら別だが。

俊耿は慣れ親しんだ道を迷わず行き、広場に辿り着く。旋の邑の名産であるシュウの酒造りは子どもや女たちの仕事だ。そこら中に、糖蜜や果実の匂いが漂っている。

円盤形をなす石畳、周囲を彩る巨大な菩提樹の横に飯店はあった。中へ入ると、もっとはっきりした酒精の香りが広がってくる。

「いらっしゃい、俊耿さん。朝飯？」

出迎えてくれたのは、明玉だった。

「ええ。体は冷えていませんか」

俊耿は笑みも浮かべぬまま、彼女の様子をうかがう。少しふくよかな体を包むのは、袖がある筒状の衣だ。腹部は膨らんでいる。普通なら帯や紐を結んで締め付けて体の線を出すのだが、使っていないようで安堵した。

「やだねえ、旦那に頼まれたのかい？　あの人も心配性なんだから」

「何かあったあとでは遅いので」

「あはは、大丈夫。織り子として働いてるだけさ。冷暗所にも行かせちゃくれないのさ、親父さんは」

親父さん、と呼ばれた飯店の主人がこちらを見る。俊耿は軽く頭を下げた。筋骨たくましい主人は腕を組み、うなずくことしかしない。仏頂面（ぶっちょうづら）なのもいつものことだ。

「座っておくれよ、何か食べていきな」

「では、シュウ酒を一杯。木の実も少し」

「あいよ。親父さん、酒と木の実ね」

俊耿は入口近くの席に腰を落とし、飯店の中を見渡す。奥の席では、他国から来たと思しき旅人たちが料理を楽しんでいた。見たところ、例の雑技団のようだ。

鼻歌を歌う女の姿はなまめかしく、がむしゃらに肉を食らっているのは、未だ背丈の小さい若人。その他、剣を持つ老年の男や護符を確認している青年なども集団にはいる。

家で聞こえてきたのは彼らの歌や音楽なのだろう、と推測し、行商人がいないか確かめる。まだ商人の姿は酒場にない。

明玉が木の杯と椀に盛り付けられた木の実を運んできた、と同時だ。

「俊耿、俊耿はいるか！」

戸を開け放ち、翻が飛び込んでくる。

肩で息をしつつ、驚きで目を見開いた俊耿を見つけると、彼はようやく長い呼気を吐き出した。

俊耿は静かに彼の元へ寄る。

「どうしました、翻」

「森の入口に女が倒れてる。馬も潰れていて。怪我をしているのかもしれん」

「……わかりました、すぐ行きましょう」

森の入口と言えば金冥の国側の方向だ。少し逡巡したのち、それでも首肯してみせた。

邑に医師は、自分しかいないのだから。

「気をつけてお行きね、二人とも」

明玉と主人たちに見送られ、翻と共に駆け出した。獣皮で作られている靴は石畳に滑ることもない。

翻はすでに、邑のもの数名へ声をかけていたのだろう。森には三人ほどの男女がいた。

口から泡を吹いている馬が、近くの木に衝突したまま倒れている。投げ出された娘はうつ伏せになり、ぴくりともしない。

「どいて下さい」

俊耿は娘の容態を確かめるため、村人たちに割って入る。ざわめく彼らを無視し、娘の側へとしゃがみ込んだ。娘は微動だにしないが、息はあるようだった。

黒髪は長い。髻(もとどり)から左右にかけて編まれた三つ編み、残った部分が地面に垂れている。

その髪型にまた、十年前を思い出した。数ヶ月の間、言葉を交わした少女のことを。

思い出にも満たないはずの記憶を振り払い、娘の脈を確かめた。少し早い。落馬したなら骨折や頭を打っている可能性もあった。村人たちへ視線をやる。

「どなたか、私の家まで彼女を運んで下さい。なるべく頭を動かさずに」

「う……」

娘が小さく呻き、地面についた顔を上げた。

「まだ起きては」

言いかけて俊耿は絶句する。

軽く開かれた灰色の瞳に滑らかそうな頰。形のよい鼻梁。それら、全て——

「……なぜ、ここに？」

思わず漏らした言葉。続けた『暁華』という名前だけが風に溶け消えていく。

まだ本調子ではなかったのだろう。顔を上げただけで再び意識を失った暁華は俊耿の家に運ばれ、簡易な牀褥(しょうじょく)で眠っている。

呼吸や脈も元に戻り、軽い擦り傷だけが手にあった。俊耿は目を閉じたままの暁華へ、カンゾウの葉を中心にした軟膏をつける。

ひとしきり治療を終えたのち、近くに椅子を置いて彼女をつぶさに観察してみた。

赤色の披帛(ひはく)を首に巻き、緑色の袍(ほう)と白い袴、薄紅の裲襠(りょうとう)で身を包んでいる。長めの革靴は脱がせて置いておいた。腰には自分と同じく銙(か)のついた革帯(かくたい)。

どう見ても旅装束だ。王族がお忍びで宮から出てきた、というには粗末過ぎる。

それに、と村人が運んでくれた彼女の荷物を横目で見た。

尽きた食料の跡に膨大な貨幣。空の水袋。そして潰れた馬と考えれば、なんらかの理由で金冥の国から出てきたのかもしれない。

だが、公主であるはずの暁華が護衛もつけずに、という疑問があった。

本当に彼女なのかと顔を見て考える。

確かに本人だろう。目をつむったときのあどけなさ、幼さは十年前から未だ変わらずに残っている。

立ち上がった俊耿が、手に巻いた包帯を取り替えようとした直後だった。

恐ろしいほどの速度で暁華が目を見開く。彼女は、手を振りほどくくらい勢いよく上体を起こした。

俊耿は固まる。灰色の瞳が恐怖に満ちているのを確認し、そっと腕を元に戻した。

緊張に似た沈黙が降りる。暁華は我に返ったのか、惚(ほう)けた顔でこちらを見上げた。

「……俊耿？」

彼女を見下ろし、俊耿は問いには答えず聞いた。

「どこか痛むところはありますか」

「俊耿。ね、俊耿でしょ？　あたし覚えてるよ、俊耿のこと。もしかしてあたしのことは忘れちゃった？　暁華だよ。十年前に……ほら、たくさん話したよね」

瞳から怯えが消えている。代わりに口をほころばせ、頬を紅潮させて暁華はまくし立ててきた。

俊耿は冷ややかに、もう一度口を開く。

「医者として聞きます。痛むところはありますか」

目をまたたかせ、暁華はようやく身に起きたことを思い出したように呟いた。

「そっか。あたし落馬したんだ……大丈夫、疲れてただけだから。あたしの馬、もうだめだった？」

「残念ながら」

「……楽にしてくれた？」

「村人たちが処置しました。元気になったのならば、荷物を持って飯店に行きなさい」

「どうしてそんなに冷たいの？　十年前のこと、忘れちゃったの？」

俊耿は軽く頭痛がした気がして、額へ指を添えた。

暁華はいつもそうだった。率直に疑問ばかりをぶつけてくる。性質はほとんど変わっていないらしい。

椅子を元の位置に戻し、暁華から背を向けて小瓶を手にする。

「お医者、してるんだ。そうだよね、昔から俊耿は本とか読んでたもんね」

「今回の代金は結構です。早く飯店か邸店へ行きなさい」

「……やだ」

そっけない言葉を発しても、暁華はかたくなに牀褥から起きようとしない。

こうなったら無視するまでのことだ。手際よく薬の入った瓶を棚へ片付けていく。

「『霊胎姫』って知らない？」

長い無言ののち、重苦しい空気を裂いたのはやはり暁華だった。

放たれた言葉の意味がわからず、つい俊耿は暁華の方を見つめてしまう。

「『霊胎姫』？」

「うん。俊耿は本をよく読んでたから、少しは知ってるんじゃないかって」

「残念ながら聞いたことはありません」

「土鱗の国に伝わる伝承なんだって。あたしね、それを探さないといけないんだ」

土鱗の国——紡がれた単語に体が強張るのを感じた。

二百年前、四ツ国に滅ぼされた見知らぬ故郷。四ツ国の中央にありながら、他と交流を持たず、排他的であった国には謎が多い。文献のほとんどにも載らないくらいだ。

「……土鱗の国の伝承を、なぜあなたが知っているのですか」

「王宮にいる賢人……秀英(しゅうえい)が天啓を得たの。賢人の美玲(みれい)っていう人の姿と一緒に。あたしはその人、美玲のところにも行かないといけない」

「公主であるあなたがわざわざ？」

「……あたしがやらなきゃいけないことなんだって」

暁華が笑う。どこか寂しげに、はかなく。

愁いのある笑みは見ていて痛々しく、俊耿は思わず顔を背けた。

「美玲っていう賢人も、知らない？」

「聞き及んでいません。……いつまでここにいるつもりなのですか、あなたは」

暁華は何も言わなかった。牀褥(しょうじょく)から降りる音がする。横目で見ると、彼女は靴を履いている途中だった。

幼い顔立ちを凜(りん)とさせ、唇を閉ざした暁華は近くにあった荷物を持つ。

少しだけ悩み、俊耿は口を開いた。

「護衛はいないのですか」

「夢魔が多く出るようになったの、金冥に。あたしに割く兵力なんてどこにもない。ここで護衛も探さなくちゃいけないの」

硬い声音に、そのための貨幣か、と納得がいった。

ついでに窓を見る。外はすでに、昼を示す白い光が差しこんでいた。この時間帯ならば安心だろう。

「ねえ、俊耿」

「……飯店なら湖を通った先の広場に」

「あなたはどうして、ここにいるの」

一瞬、めまいがした。

十年前にも問われた事柄。しかし同じ言葉でも今の俊耿にとって、彼女の問いは自分の根幹を揺らがせる。

いつも、毎日胸に秘めて隠していたしこり。どこかへの郷愁。寂しさ。焦燥感。そんなものがない交ぜになって動悸がする。

「診てくれてありがとう。俊耿も気が向いたら飯店に来て。あたし、待ってるから」

内心困惑する俊耿の後ろで、扉が閉まった音がした。それでも動くことはできない。

(私はなぜ、ここにいるのだろう)

自問に答えはなかった。繰り返し抱いていた疑問に答えを出せるようになったなら、胸を穿つ焦りも消えるのだろうか。今の自分にはわからない。

集めた本の中に答えがあるのなら、どんなに楽だろう。そう、思った。

呪痕士とはまことに恐るべき存在だ。

我ら一般人が一つの痕を持つのに対し、彼らはそれを複数に持つだけにとどまらない。詠唱を使わずとも、たった一言だけで痕術を行使することができる。

痕術、すなわち五行。天乃四霊が司る自然の理を使うすべを、我々はこう呼ぶ。

　虚ろ子以外は、一人一つの痕を持つ。それを覆し、理に背いているのが呪痕士なのだ。水を生み出しながら炎を放ち、土を操り刀剣をねじ曲げる。我々は一つの術しか扱えないが、彼らが複数の痕を持つのは、どのような力が働いているからだろうか。謎である。

　土鱗の国の住人ほとんどが呪痕士であったのは、ほとんどが近親婚で、血統を絶やさずにいたからであろうと推測する他ない。

　しかも大半が我々、四ツ国に住むものを蔑視、ないしは敵対視しており、特に土鱗の王族は二百年ほどの寿命を持つ。気位が高く、他国の人間を殺めることも辞さない。

　これは四ツ国の面々にとって脅威であった。だからこそ溝は深まり、結局のところ戦が起きたのだが。

　夜霧、夢魔、呪痕士。

　土鱗の国の残したものと我々は決して相容れない。彼らによって、今でも我らは苦しめられているのだから――

※　※　※

「土鱗の国」

　ぽつりと俊耿はささやいた。書物を閉じて顔を上げれば、窓の外はすでに藍色だった。

土鱗の国は自分の故郷ではない。否、四ツ国のどこにも居場所などないはずだ。今現在も旋の邑から出ることも考えていた。各地の邑や中邑を転々として、いずれはひっそりと最期を迎えるのだろうと。

「どうしてここにいるの……」

暁華の問いが頭で繰り返される。

先程からずっとこうだった。何をしていても、放たれた言葉が脳裏を掠めてやまない。

嘆息し、椅子から立つ。気持ちが落ち着かなくてどうしようもなかった。薬でも調合しようかと考え、やめる。こんなありさまだ、配分を間違えては身も蓋もない。

もう一度窓の外を見る。彼女は言った。「待っている」、と。

まだ飯店にいるのか少しだけ不安がよぎり、鞄を持って外に出た。

道は静かだ。揺れた梢の音だけが聞こえる。飯店からの賑わいもない。しかし、獣脂の明かりが小屋から漏れているのを見て、思わず早足になった。

扉を開ける。明玉はもう家に戻ったのだろう、出迎えてくれたのは飯店の主人だった。

「女性の旅人が来ていませんか」

俊耿が問うと、主人は親指だけで奥の席を指し示す。

そちらを見ると、一番奥では、暁華が机に突っ伏しているのが見えた。

近くには旅人らしき赤毛の青年が座っており、ちらちらと彼女をうかがっているのがわかる。

──うら若い娘が、なんと不用心なのか。

俊耿はため息をつき、暁華へと近付いた。

暁華の机からは酒精の匂いがする。シュウ酒をしこたま飲み、食事もした痕跡があった。

目をすがめ、寝入る暁華の肩へ手をかける。

「いい加減に起きなさい。よそへ迷惑をかけるのではありません」

「う、うぅん……」

「邸店へ案内します。さあ、起きなさい」

「……俊耿？」

暁華の瞳は潤んでいた。こちらを見上げた彼女の唇がつり上がる。

「あたしの勝ち」

「なんの話をしているのです」

「賭けてたの。待ち人は来るかどうかって。来てくれたね、俊耿」

にこやかに、これ以上なく無邪気に微笑まれ、俊耿は押し黙った。

しかしすぐに首を横に振り、冷たい眼差しを作る。

「あなたが店へ迷惑をかけていないか、確認しに来ただけです」

「どのみち来てくれたじゃない。ねえ、邸店に案内してくれるって本当？　おすすめのところは？　あんまりお金は使いたくないから、そこまで立派じゃなくていいけど」

酒が入っているためか、暁華は饒舌だ。

いや、と俊耿は内心で思う。昔から話すことが好きな少女だった。一を語れば十を返す、おしゃべり好きな部分は相変わらずだ。

そこまで考え、自分が苦笑を、唇を歪めていることに気付いて絶句した。村人にすら愛想を浮かべたことがないというのに。

改めて顔を引き締め、暁華の腕を掴む。

「いいから立ちなさい。案内はしますから」

「もう少し飲みたい。俊耿も来たし」

「潰れているのに何を……」

声を荒らげようとした、直後だった。

赤い閃光がまばゆく窓から入り込んだのは。

「夢魔だ！　夢魔が出たぞ！」

見張りの声が大きく聞こえる。我に返った俊耿が見たのは、赤毛の青年が青龍刀を持って飯店を飛び出した姿だった。

暁華も驚いたように半身を上げている。

「嘘、夢魔が……」

「あなたはここにいなさい。酔っていては何もできないでしょうから」

三節棍を取り出す主人へ目配せをし、俊耿は暁華を置いて外へと駆け出した。空の色は、赤。危険を示す色に様変わりしている。

赤い空の下、二体の夢魔が村に入り込んでいた。唸り声を上げながら。

獅子の体にワシの頭、透明な羽を併せ持つ怪鳥。いつもより少し弱い光源にも気圧(けお)されることなく、夢魔は暴れ、そこらじゅうの木々や家畜小屋を襲っていた。

「俊耿、梁が倒れた。高台に行ってくれっ」

弓を持ち、相対するのは翻だ。容赦なくニワトリを貪る獅子の夢魔へ、矢を放ちながらこちらに指示を飛ばしてくる。

「村人さんは避難して！　飯店に行くのよ」

邸店から飛び出してきた雑技団たちも、驚き起きた村人などを誘導していた。旅に慣れているためか、このような場面に遭遇した過去があるのかもしれない。

彼らの指示は的確だ。飯店は一番広く、食料庫も完備されている。籠城する場所には妥当だった。

「五行相剋(ごぎょうそうこく)こそは火剋金(かこくきん)。なれど我が刀剣は金に非(あら)ず。五行相生は火生土(かしょうど)！」

赤毛の青年が痕術(こんじゅつ)を発動させるのを聞いた。彼の手の文身が浮かび上がる。青龍刀に淡い光をまとわせて、迷わず、そのまま獅子へと突っこんでいく。

(私はここで、何をしているのだろう)

俊耿は浮かんだ疑問を打ち払うように、高台の方へと急いだ。

梁の容体が急変し、倒れたとなると残りの光源士は二人。彼らにできるのは危機を知らせる光を灯すことだけだ。

広場に近い南の高台は梁が担当している場所だった。白い袴を汚し、俊耿は土まみれになりながら高台を駆け上がる。

「俊耿……ああ、俊耿が来てくれたよ、梁！」

松明を灯し、俊耿を手招きしているのはへたり込んでいる明玉だった。

泣きべそをかく明玉へうなずき、俊耿は荒い呼気をしている梁の側へしゃがみ込む。口から泡を吹いているが、外傷は見たところ一つもなさそうだ。

「翻が気付いてくれた途中でやつらが……俊耿、梁は大丈夫なのかい」

「疲労が蓄積されたのでしょう。今は無理に起こさない方がいい」

梁の額に手を当て、熱を確かめる。熱い。かなり無茶をしていた痕跡があった。

鞄を下ろし、解熱剤を取り出そうとした瞬間だ。

「もう一体いるぞ！」

翻の言葉に思わず振り返る。

カラスの頭部に大蛇の体を持つ夢魔が、凄まじい勢いで高台へと上ってきていた。

それは牙を剝き、こちらへと飛びかかる。

「火よ！」

明玉の悲鳴と共に俊耿が言葉を発したのは咄嗟のことだった。手の甲に浮かんだ痕が熱を帯び、体の中で螺旋を描く。

手のひらから放たれた火球は大きく、一撃で夢魔を焼き尽くす。断末魔。昔に嗅ぎ慣れてしまった焦げ臭い匂いが辺りへ広がる。

しまった、と思ったときには遅かった。

避難していた村人たちが、翻が、そして赤毛の青年や出てきた暁華までもが――こちらを見ている。ほとんどのものが唖然とし、瞳へ畏怖を滲ませていた。

「あんた……あんた、まさか呪痕士」

横にいた明玉が、ささやいた。声が震えていることを認識すれば、彼女と視線を合わせられない。

決して正体を明かさぬよう努めるはずだった。そうして今まで上手くやってきたはずだ。だが、失敗した。露呈した。自ら暴いてしまった。

煤となった夢魔の跡を見つめ、俊耿はただうなだれる。

頬、手の甲、くるぶし、目にある痕全てが熱い。久しぶりの術へ、全身が喜びを覚えるかのように発熱するそれが、わずらわしかった。

追放。俊耿に下された処分がそれだ。

当然だろう、と鞄に短刀などを詰め込みながら棚を見た。集めた本は持っていけそうにないが、大抵の内容は頭に入っている。近くの窓から入り込む光は、すでに橙へと変わっていた。

夢魔が全て倒されても、村の被害が消え去るわけではない。家畜は牛を除いて全滅したし、果樹も大半がなぎ倒されている。幸いにも、怪我人が出なかったことだけが奇跡だ。

今日の昼頃には詰所から兵が来るだろう。それまでにここを出ろ、と長は言った。処刑や突き出されたりしないだけ、まだ慈悲がある。

唯一の心残りは梁の体調だが、もうこの邑の医者ではなくなった自分が出しゃばるわけにはいかない。

地図と羅針盤、そして少しの薬と金。持てるだけのものを手にしたときだった。

「俊耿」

扉を開けたのは、暁華だ。珍しく声に張りがなく、顔付きも神妙だった。

視線を合わせ、俊耿はため息をつく。

「まだいたのですか」

「ここから追い出されるって聞いたから。ねえ、これからどうするの?」

「どうするも何も、また各地を歩いて回ります。移住できる場所があるかもしれない」

「なら、あたしと一緒に行こうよ」

「……あなたと?」

すっかり身支度を整えた暁華は、嬉しそうに笑う。これ以上なく無邪気に、腹が立つくらいに。

「あたしの捜し物、手伝って。尋ね人もそうだけど。『霊胎姫』と賢人の美玲。いろんな中邑や邑にも行く予定なの。俊耿が一緒だったら凄く助かるし」

「呪痕士としての力を使う気はありません」

すげなく言えば、暁華の瞳が丸くなる。言われた言葉が理解できない、というように。

「お医者で活躍してたんでしょ？　あたし、そっちをお願いしたいんだけど」

「護衛としてではなくですか」

「護衛なら捕まえた……違う、雇ったよ。ねっ、泰然（ほうぜん）。泰然も俊耿が一緒でいいよね？」

「雇い主の命令なら別にいいさ。オレは気にしない」

そう言って扉から顔を覗かせたのは、昨夜青龍刀で夢魔を倒した赤毛の青年だった。

鼻を横切る傷跡、自信に満ちた声。刀を肩に担いだ姿からは豪胆さが感じられる。

彼は俊耿という呪痕士を前に、忌避も畏怖も抱いていないのか、人好きのする笑みすら浮かべていた。

俊耿は二人の言葉に視線を逸（そ）らす。しばし悩んだ。

移住するにせよ、旋の邑近くの中邑（まち）や集落ではだめだ。何回か顔を出したこともあるし、ここのものが噂として自分のことを話すかもしれない。その懸念が、遠くへ行くことを選ばせた。

顔を上げ、ためしに聞いてみる。

「行く当てはあるのですか」

「次は聳木（しょうもく）の国。この国には捜し物はないの」

「あなたが炎駒の国に来て、そう時間は経っていないでしょう。完全に調べられたとは思えませんが」

「オレが知ってる」

言い切ったのは泰然という名の青年だった。胸に飾った鳥の羽——淡く金色に光るそれを撫でながら、彼は苦笑を浮かべる。

「炎駒の国の中邑や邑にはあらかた寄ってきたけどな、『霊胎姫』なんてもんは見聞きしたことはないんだ。聳木の国には賢人がいるって小耳に挟んだことがある」

「なるほど……」

「ね、聳木の国はここから離れてるでしょ。俊耿の居場所も見つかるかもしれないよ」

居場所と言われ、内心を見透かされたようでどきりとした。

自分があるべき寄る辺。それが本当に見つかるというのなら——

「……わかりました、あなたに同行します」

「本当？　やった、これからよろしくね、俊耿」

手を差し出す暁華を無視し、荷物を持って外に出る。彼女は唇を尖らせているが、一瞥することもなく森の方角を見た。

「村の裏から出ましょう。丹の中邑に行く道へ続いています。詰所は反対側ですから」

「丹から街道に出た方がいいな。クダ草原が途中にあるが、高台や道は作られてるから夜も安心して通過できる」

泰然は、どうやらここら近辺にも詳しいようだ。彼の言葉にうなずき、歩き出す。

「荷物、それだけでよかったの？　あたしは明け方に食料買っておいたけど」

「必要となれば現地で調達します」

隣を歩く暁華をよく見ると、確かに荷物袋が膨らんでいるのがわかった。泰然もまた、腰の革帯に水袋などを携えている。

にれの森を三人で歩いていく。風はない。邑の方、広場に続く道にももはや興味は失せていた。

ここも私の場所ではない、と俊耿は内心で嘆息した。どれだけの中邑（まち）や村落を巡り渡れば、拠（よ）り所を見つけられるかわからない。

「あれ？　誰かいるよ」

森の出口に差しかかり、空を占める色が白へと変わってきたときに暁華が声を上げた。彼女の言葉に俊耿はうつむかせていた顔を上げ、一瞬固まる。

「……梁」

草原が広がる近くにいたのは、馬を連れた梁だ。彼は真顔で、ゆっくりとこちらに近付いてきた。

「俊耿、世話になったね」

栗毛の馬がいななく。梁が所有している馬の一頭だということは、見ただけでわかった。

「……私は何もしていません」

「君は確かに呪痕士かもしれない。でも、それ以上に優秀な医者だ。何度も俺たちを助けてくれた」

梁が馬の手綱を、すぐ側にいた泰然へと渡す。

「明玉を庇ってくれてありがとう」

「こんな真似をすれば、あなたがどうなるかわかりませんよ」

「このくらいはみんな許してくれるさ」

呟き込みながらの言葉に、俊耿はいたたまれない気持ちになった。貴重なものを受け取る資格など、自分にはない気がして。

「気をつけて旅をするんだよ。最近、夢魔の出現率が高いと聞いているからね」

梁は優しい。呪痕士と知ってもなお、俊耿のことを医者だと考えてくれている。数年の間、彼らを騙し続けた自分を咎めようとする気配すらなかった。

首肯した俊耿を見て、梁は満足したようだ。小道を伝って村の方へと戻っていく。

「信頼されてたんだ」

ふと、暁華が真面目な顔で呟いた。

「私は彼らをあざむいていました。このようなものを受け取る価値はないくらいに」

「信頼は勝ち取るものだよ。だから引け目を感じなくてもいいと思うな」

頭を振る俊耿へ、暁華は強気な笑顔を浮かべてくる。思わず彼女を見つめた。

灰色の瞳には怯えも恐れもなく、ただ優しいまでの光がたたえられている。

瞳に宿る光がなぜか怖く感じ、俊耿は視線を逸らした。同時に、馬を見定めていた泰然が口笛を吹く。

「いい馬だぞ、これ。尻も足もしっかりしてる。荷物運びにもってこいだ」

「じゃあ縄で結ばせてもらおっか。泰然、お願いしてもいい？」

「あいよ。あんたの荷物はどうする？」

「……私は結構です」

答えにうなずいた泰然は、手慣れた様子で暁華と自らの荷物を馬へくくりつけていく。

俊耿は森へと視線をやった。

数年過ごした旋の邑はここから見えない。追放されるのは何度目のことだろうか。それでも凪のように心は平坦だった。禁忌の宮や他の村落を追われたときと同じだ。

いつかは、心を慰める安寧の地が見つかるのだろうか。胸を穿つ焦燥を、しこりとなった不安に似た何かを落ち着かせるものは、この世にあるのか。知識を蓄えたとしても、どんなに本を読みあさったとしても、答えは出そうにない。

暁華の言う『霊胎姫』とやらが本当にいるなら、そのものから何かを得ることができるかもしれないが、不確定な要素にすがる気は毛頭なかった。

あるいは賢人と呼ばれる存在ならば——そこまで考えて小さく息を吐き、視線を二人へと戻す。

「泰然、早く。夜になっちゃうよ」

「まだ昼になったばかりだろ？　丹には簡単に行けるから安心しろっての」

「もう！　雇い主の命令に逆らう気？」

「へいへい。全く、気の早いお嬢さんだな」

「無駄口叩かないのっ」

いつ雇ったのかわからないが、暁華と泰然はどことなく打ち解けている、気がした。とりとめのない会話をしつつ、軽口を叩き合う仲のよさが見て取れた。

俊耿はまた、こっそりと息を吐く。

独りには慣れている。それでもなぜか暁華の笑顔を見ていると、昔の淡い思い出が頭を掠めてやまない。

はかない過去に対する答えすらも持ち合わせておらず、二人の様子を眺めるしかないのだが。

「あ、暁明鳥（ぎょうめいちょう）」

暁華の声に自然と天を仰（あお）げば、空を旋回している金色の鳥が見えた。

ぴゅーい、と愛らしく鳴くそれは、昔は土鱗の国に多く生息していたという野鳥だ。

暁明鳥は光にまぎれ、すぐに見えなくなった。夜目が利きつつも警戒心の強い鳥は、この辺ではあまり見かけない。旅のはじまりに吉なのか凶なのか判別もつかなかった。

「泰然の胸につけてるの、暁明鳥の羽？」

「ああ、道中で拾ったんだ。……やらないぞ」

「ケチ」

「俊耿さんや、この子どうにかしてくれ」

いきなり話を振られ、俊耿は固まった。彼は自分のことを、暁華の保護者と勘違いしているのかもしれない。

「私のことは呼び捨てで構いません。そしてあなたは、泰然を困らせないように」

「って俊耿は言ってるぞ、暁華」

「男二人で結託して。ずるい」

唇を尖らせる暁華を見るつど、昔のことばかり思い出す。

小さな手、あどけない笑顔。腐臭に夢魔の亡骸（なきがら）。そんなものを頭を振って片隅に追いやった。

わずらわしいのか懐かしいのか、それすらわからないままに。

第二章　ねじれた倫理

クダ草原と丹の中邑を通り、一週間。

炎駒の国と聳木の国をまたぐカラン山脈に差しかかった。針のような山頂を踏破したものは未だおらず、先端は夜霧に包まれたままだ。

閃光街道と名付けられた道は赤い煉瓦でできており、そこここに高台がある。旋の邑とは比べものにならない立派な高台では、無数の光源士たちが遠くの方にまで白い明かりを灯し続けていた。

「ちょっと寒いね、ここ」

「山の中腹だから空気も薄いしな。辛いなら馬に乗ってもいいんだぞ」

「やだ。歩くの」

「潰れないようにしろよ。捻挫とかされたら荷物が増える」

「俊耿、泰然が意地悪言う！」

「彼の言い分は正論だと思いますが」

俊耿が淡々と告げれば、暁華はむっとしたように眉をひそめた。歩く速度を上げ、一人で先に進んでしまう。

「あれで十七かあ……とっくに成人なのか」

苦笑を浮かべつつ泰然が呟いた。旅の途中で知ったことだが、彼も暁華と同い年らしい。俊耿からしてみれば、暁華には確かに幼い部分が多々あった。

それはもしかすれば、旋の邑で推測した、旅に出された理由と関係があるのかもしれない。王族としての教育を完全に放棄されている節がある。

二つの存在を探せと金冥（きんめい）の国から出された公主。そうさせるために、暁華の兄たる帝、傑倫（けつりん）がどこにも輿入れ（こしい）させなかった可能性も考えられた。

だが、やすやすと――例えどんな事情があるにせよ、簡単に王族を旅に出させるものかと疑問が残る。

暁華は何も語らない。否、俊耿も泰然も聞こうとしなかった。彼女が公主であることは、口止めされたため泰然には話していないままだ。

彼は暁華のことを、宦官（かんがん）の兄を持つ『良家の子女』だと思い込んでいる。泰然を雇った際、暁華自身がそう述べたのだと俊耿に話してくれた。

なだらかな坂道を二人並んで歩きながら、隊商や旅人たちと通り過ぎる。国境付近でもあり、夢魔（むま）が出てくる様子など微塵（みじん）もなかった。

「あんた、聳木の国に行ったことは？」

「いえ。炎駒の国を転々としていただけで。聳木の民はみな、明朗だと聞いています。あまり騒がしいのは好ましくない」

「だからか？　暁華に冷たいの」

「そう見えますか」

「冷たい、っていうのは間違ってるかもな。あんたはどこか……そう、暁華を怖がってるように見えて」

あけすけに言われ、俊耿は押し黙る。怖いもの。恐怖すべき存在。そんなものはない。夢魔ですら恐るるに足らないのだから。

「彼女をかしましいと感じているだけですね」

嘆息と共に放った言葉に、今度は泰然が黙った。

どうしたのかと横目で見ると、彼は小さくうなずいただけだ。

「ま、そこは同意できる。でもあいつ、無理してるように感じてさ」

「無理、ですか」

「いつも笑ったり怒ったりしてるだろ、暁華は。けど目がどこか暗いんだよ。強がってるって言えばいいのかもしれないけどな」

「……この短期間で随分、彼女を知ったのですね」

「つまらない観察眼だ。そう見えてるオレの感想。いろんなやつに出会ってきたからな」

軽い口調に、俊耿は首肯するだけにとどめた。

泰然はこれまで、雑技団や旅人の護衛として働いていたという。旋の邑で見た刀剣の使い方、五行の扱いは実にこなれていた。幸い、今までの旅路の中で夢魔には遭遇していないが、即戦力になると判断できる。

暁華はどうだろうか、と歩みを進めながら考えた。

クダ草原で野営をした際、短刀を使って小枝を切っている姿は様になっていた。体力も、女性としてはある方だ。

しかし痕術を使ったためしがない。火起こしなどは全て手動で行っている。かといって、光源士としての素質があるのかと思えば、そんな様子は微塵もない。せめてなんの属性を扱えるのかわかれば、戦術も立てられるのだろうが——

「俊耿、泰然！　こっち来て、凄い眺め！」

思考を遮る声がして、俊耿は口元を歪めた。

いざとなれば二人を突き放し、囮になって死ぬのがいい。別に生きることにこだわりはなかった。むしろなぜ今まで自害しなかったのか、不思議なくらいだ。

暗い考えを振りほどいて顔を上げれば、閃光街道の折り返し地点で暁華が手を振っているのが見える。

「今行くからそこで待ってろな」

「ご飯にしようよ。お腹減っちゃった」

「わかったから大きな声出すなって」

苦笑した泰然が少し、歩みを早めた。俊耿もそれに倣う。暁華の側へはすぐだ。彼女は紅潮した頬をそのままに、山から見渡せる景色に陶酔しているようだった。

針葉樹が並ぶ凍原と広大な川は、通ってきた草原とあいまって緑と青の色味が美しい。

中邑(まち)や村落に点々と灯されている白い明かりが、色彩に拍車をかけている。下り方面には横に長い関所があり、石灰石で化粧塗りされた塔がいくつも建ち並んでいた。

「こうして見ると絶景だなあ」

「だよね。砂漠はまだ見えないね。どうしてなの、俊耿」

「曲がった先で見られると思います。焦る心配はありません」

「よし、じゃあ飯にするか。国境を出てすぐには……」

「干(かん)という中邑(まち)が地図には載っています。商人たちが多いと言われていますね。ここらで保存食を使用しても大丈夫でしょう」

言いながら、俊耿は周囲を確認する。

同じことを考えているものが多いのだろう。岩に腰かけ、あるいは軽めの毛氈(もうせん)を下地に座った行商人たちが、煙管(きせる)を片手に一服していた。

早速、暁華が馬から荷物を降ろす。塩漬けの豚肉と干しモヤシが入った包子(パオズ)を渡す手際は、やはりいい。

その間に俊耿は、水袋から木製の水呑みに残った飲み水を入れる。松の葉も投入して暁華たちに手渡した。

馬の面倒を見ているのは泰然だ。ニンジンをかじる馬はどことなく嬉しそうだった。

暁華からもらった包子を口にし、俊耿は岩へ腰かける。美し過ぎる眼下の光景は、全て土鱗の国から奪った資源で賄(まかな)われたものだ。

万年の氷を生み出す水晶。日光がなくとも光だけで咲く特殊な花々。幾度も再生する岩石に、四ツ国にはないきらびやかな鉱石——挙げればきりがない。俊耿は全て知っている。母、藍洙(らんしゅ)から呪詛(じゅそ)のように聞かされたためだ。

土鱗の国。四ツ国の中央にあり、夜霧の発生源とされている場所はここから見えない。見えたところでどう思うかなど、自分にもわからなかった。

「俊耿、美味(おい)しくないの？」

なぜか隣に座った暁華が顔を覗き込んでくる。

心配そうな光をたたえる灰色の瞳から視線を逸らし、首を横に振った。

「とりたてて何も」

「そう？　あっ、湯円(タンエン)が残ってるよ。半分こする？」

「甘いものはそこまで好きではありません。泰然と食べなさい」

これまたなぜか、暁華が気落ちしたおもてを作った。渋々、といった様子で、餅米でできた菓子が数個入った椀を泰然へ突き出す。

「はい、仕方ないからあげる」

「もらっとく」

泰然は一口すするだけで、全ての団子を頬張ってみせた。

「もっと味わって食べなよ。もったいないよ」

「食べてる食べてる」

「嘘ばっか。飲むみたいに食べるじゃない、いっつも」

「仕方ないだろ。早寝早食いは癖なんだよ」

「炎駒の国の人ってみんなそうなの？」

「別にそうじゃない。オレの個性」

けらけら笑う泰然へ憤慨したように、暁華はそっぽを向いた。二人の様子をどこか遠くで眺めつつ、俊耿はゆっくり包子を咀嚼していく。

人と食事をすることに慣れたわけではない。邑にいたときもほとんど一人だった。だから居心地が悪い。賑やかな食卓というものが、どこか場違いなような気がして。

下らない、とすぐに思考を打ち払う。

暁華や泰然と旅をしているのも、一過性のものに過ぎない。聳木の国で、どこか居心地のよい邑などがあればそこに住まうつもりだ。二人と馴れ合う気持ちは微塵もなかった。

「ところで暁華、お前さん通行証は持ってるか？」

「あるよ。端水（たんずい）の国まで行けるやつ。でも、端水の国の人ってよそ者に厳しいんでしょ？　だからできるだけ、聳木の国で情報が欲しいなって思ってるんだけど」

「そこは運だな。大体、賢人ってのは大半が隠居してる。探すのも一苦労かもな」

暁華は少し唸り、残った包子の一欠片（ひとかけら）を口に押し込んだ。

彼女と目を合わせぬよう、俊耿が関所の方に視線をやったときだった。

閃光街道に作られた人の列、そこで歩人甲（ほじんこう）を着た兵が何事かをたずねて回っているのに気付く。

「泰然。あれを」

「ん？　……検問か？」

「なんだろ、何かあったのかな」

疑問を口にする二人をよそに、俊耿は立ち上がって人々の顔をよく観察した。誰もが驚いたのち、顔色を恐れという色で染めている。

そういえば、とはっとした。

旋の邑にいた雑技団たち。彼らは丹の中邑（まち）でも見かけた。無論こちらから接触したわけではないが――

「……私を探している可能性があります。雑技団の人間が事件の話をしたのかもしれない」

二人だけに聞こえるようにささやいた。

「そりゃ厄介（やっかい）。どうするかね」

泰然がため息とは裏腹に困った様子もなく、ただ赤毛を掻いて天を仰（あお）ぐ。そうしている間にも屈強そうな兵士はこちらへ、着実に近付いてきていた。

いっそ自ら出頭するかと自暴自棄な考えを抱き、立ち尽くしている自分の手に暁華がそっと触れてきた。

「俊耿。堂々としてて」

「何を？」

「大丈夫だから」

手を握り返すことなく問えば、彼女は人形のようなおもてのまま自らの荷物を漁る。

一瞬、俊耿が目にできたのは、銀でできた通行証だった。

銅製は一般人、銀製は官職やそれに準ずるもの、そして金製は――滅多に使われないが王族が持つ。

金製の通行証ではないことに一抹の不安を覚えたが、言われたとおり背筋を伸ばした。

暁華は、リスのようなすばしっこさで兵士へと近付いていく。

彼女は兵に話しかけ、人の少ない場所へと誘導する。

俊耿の方からでは暁華の背中、兜を深く被っている兵士の様子しか確認できない。

兵が不意にこちらを見た。軽く頭を下げてみた。無視される。

頭を上げた俊耿が泰然の様子を確認すると、彼はただ、馬の毛並みを撫でているだけだ。

兵士がうなずく。そのまま、驚いたことに何事もなく――その兵は次の旅客へ話を聞きに列へと戻った。

ひゅう、と泰然が口笛を吹く。

「凄いなあ。どんな技を使ったんだか」

「さて……」

さすがに、自分が公主だという事実を暴露したわけではないだろう。だが、どんな手を使ったのか見当もつかない。

晩華がその場所で手招きするものだから、俊耿は泰然と顔を見合わせた。荷物を適当に片付け、彼女の側まで急ぐ。

「お前さん、どんな手品使ったんだよ」

「内緒。俊耿、そのまま堂々としてて大丈夫だからね」

「……わかりました」

晩華の言葉に首肯した。彼女の覇気のない顔付きはどこか透明感があり、同時に虚ろだ。声音は明るいが、灰色の瞳の奥が翳っている。

「兵士さんの使う道、通っていいって。行こ」

「そこまでか。本当にどうやったんだ？」

「秘密」

顔を逸らし、歩き出す晩華はそっけない。口数も極端に少なくなっている。

腕を組んだ泰然が、納得がいかないような顔を作った。だがすぐに苦笑する。

「ま、誰だって何かしらの秘密はあるわな」

俊耿は肯定も否定もしなかった。口を閉じ、晩華の後ろに並ぶ。

光の色が変わった。橙と藍色が混ざり合う時間帯になってしまっている。

「そろそろ夜か。ここいらで野営しとくか？」

「関所の中も使えるよ」

硬い声音で、振り向きもせずに晩華が言う。言葉を理解できなかったのは、自分も泰然も同じだったようだ。

「はい？」

一呼吸置いて、泰然が間抜けな声を上げた。暁華は振り向かない。かたくななまでに。

「泊まる場所があるって言ってた」

「……お前さん、何者？」

「なんだろうね」

俊耿は何も言えない。暁華が公主だということは知っている。だが、それだけだ。何をして、どうしたら兵士を納得させられたのか、純粋にわからなかった。

そして同時に、こんなとき、どう声をかければいいのかも。

……結局この日は、関所の中にある宿舎に泊まることとなった。金持ちもいたのだろう、部屋を賄賂（わいろ）で買ったと思しき旅行者の姿もある。確かに外より安全だ。

俊耿たちにあてがわれた部屋は物置のように狭く、埃（ほこり）が獣脂の明かりにきらめいていた。藁（わら）でできた寝床だけが敷き詰められ、窓はない。窮屈だが、文句を言える立場ではなかった。

馬を厩舎へ連れて行った泰然は、まだ戻らない。暁華と二人きりになり、意を決して口を開く。

「兵士に自分が公主だと明かしたのですか」

「そんなことしないよ。おおごとになるじゃない」

「金を渡した様子もありませんね。まさか、通行証を売りさばいたとか」

「そこまで馬鹿じゃないよ、あたし」

「では、どうやって」

「俊耿はさ」

井戸で汲み取らせてもらった水を飲んだのち、暁華が真顔でこちらを見た。瞳にあるのは、無だ。何もない、恐ろしいほどまでに空虚な目へ思わず吸い込まれそうになる。

「好奇心から聞いてるの？　あたしが心配だから聞いてるの？」

まばたきもせずに放たれた問いは、俊耿の言葉を詰まらせた。

身を案じている、というのとは違う気がする。かといって、単なる興味本位でもない。宙に浮いたような気持ちは不安にも似ていて、どこか自分の胸をざわめかせる。

「……どちらでもないでしょう」

「正直だね。俊耿は昔からそう。はっきりしてるし人と関わりを持とうとしない」

暁華が笑った。歪んだ笑みだ。はじめて見るひねくれた笑顔が、より一層気持ちを不快にさせた。

「あなたに私の何がわかると？」

「わかんない。でもそれって、俊耿も同じだよね。あたしの何を知ってるの？」

「そうですね。互いに何も知らない」

沈黙が降りる。

肌がひりつくらいの冷たい空気に、俊耿は無意識で袖(そで)の上から腕をさすっていた。

水袋を置き、薄紅の裲襠(りょうとう)を脱ぎながら暁華は少し、目をつむる。俊耿には彼女の嘆息がやけに大きく聞こえた気がした。

「あたしのこと、ちょっとでも知りたいって思ってくれてる？」

「わかりません」

何もかもがわからない、ともう一人の自分があざ笑う。

知識を蓄えても、知恵を得ても、この十年何一つ理解していないように思った。

知りたいこと、唯一気にかけているのは土鱗の国に対する事柄だけ。そこに暁華が入り込む余地は、今のところ感じることができない。

「よくさ、知らない方が幸せ、とか言うよね」

「……聡(さと)きものならば誰もが口にします」

「あたし、いやなの。俊耿のことだって乳母(うば)の翠嵐(すいらん)から少しは聞いてたし、だから呪痕士だってわかってても怖くなかった。小さいときも冷たかったけど、力を使ったりなんてしなかったでしょ。知ってたから平気になれた」

暁華が瞼を開け、再び微笑む。先程の歪みきった、重苦しい感情をどこへ消し去ったのか、清々(すがすが)しいほどに明るい笑顔だ。

「あたしは俊耿と再会できてよかった、って思ってる。だからかな、俊耿の願いを叶えてあげたいって考えてるんだ」

「例えば安住できる場所とかね。賢人の美玲ならきっと、そういうのも見つけられちゃいそうだし」

「私の願い？」

「賢人がどのような方かわからないのでしょう？　楽観的な見方は危険だと思いますが」

「可能性は明るく考えた方が得だよ」

言って、暁華は扉側の藁へと寝転がる。

「こんなところで旅、終わらせたくないんだ」

呟かれた言葉は、今にも微かな光の中へ消えてしまいそうなほどに小さい。暁華は背を向け、自分の体に裲襠をかけてそれきり何も話さなくなった。

少しして、寝息のようなものが聞こえてくる。泰然が帰ってきたのはその直後だ。

狭い部屋の中、それでも荷物の確認を怠ることはできない。暁華を起こさないよう俊耿は泰然と共に明日の準備をし、床についた。

（賢人の美玲へ、私は何を望むのだろう）

薄い暗闇の中、目をつむり思案する。泰然の寝付きはよく、たった数秒で軽いいびきを搔いている始末だ。

自分にとっての安寧の地を想像してみるが、できなかった。全く思い浮かばなかった。想起するのはなぜか、夢魔を食らい生きてきた禁忌の宮だ。

あそこでの生活は、孤独だった。しかし楽だった。外界と人、両方と関わりを持たずに過ごしてこられた唯一の場所。

　それでも、と目を閉じたまま考える。脳裏に描き出される暁華の笑顔が離れない。

　彼女が来て、言葉を交わした数ヶ月は、旋の邑や他の場所を巡るときに役立った。他者とどう接するべきか学ばせてくれたのは、間違いなく暁華だ。

　母の藍洙は普通のときが少なかった。気が触れていた場合の方が多い。土鱗に伝わる様々な事柄を口にしながら、恍惚とした笑顔を浮かべて俊耿を殴った。蹴った。

「いつか弟が、宇航が迎えに来てくれる」と繰り返しささやき、夢想したまま死んでいった母に、恨みも何もない。叔父に当たるその男は、今でも生きているのだろうか。

　様々な事柄が俊耿の頭を駆け巡る。ため息をつこうとした刹那、暁華がそっと、静かに身を起こした。裲襠を藁の上に置いて、そのまま部屋を出ていく。

　尿意でも覚えたのだろうか。厠は確か、外だ。

　寝ぼけた彼女はたまに、とんでもないところまで歩いていくことを俊耿は知っている。どうしようかと悩み、すぐに彼女を追うことを決めた。

　泰然はいびきをかいたままだ。衣擦れの音をさせても起きる気配がない。

　荷物は全て彼の横、部屋の最奥に置いてある。誰かが手にかけようとしたときは、さしもの泰然でも目を覚ますだろう。

　木でできた扉を開け、通路に出る。左右に灯された蜜蠟の火が、隙間風に揺れていた。

　暁華は十字角を曲がっていく。外——厠とは逆の方向だ。やはり起きた直後だからかもしれない、と考えるも、何かがおかしい。彼女の足取りは、やけにはっきりしている。

暁華の後ろ姿に声をかけようと、俊耿が口を開いた、そのときだった。

髭を蓄えた男が、近くの部屋から出てきた。慌てて角の隅に隠れ、様子をうかがう。

下卑た笑みを浮かべ、男が何かを小声で言う。暁華はうなずく。そして、そのまま、平気な様子で兵士の部屋へと入っていった。

俊耿は呆然と、その場に立ち尽くす。

暁華へ向けられた好色な視線。いやらしい顔付き。それが意味することを理解できてしまう。女が夜に、一人男の部屋へ向かう意味を。男が女を迎え入れることも。

血の気が引く。思わず壁へと肩を預けた。

おそらく、否、確実に暁華は安全と自分のために男へ身を捧げたのだろう。しかも平然と、当たり前のように。

吐き気がして、俊耿は口元を手で押さえる。

嫌悪にも似た、しかしそれよりも熱い何かがこみ上げてくる。冷たさと熱さ、得体の知れない二つの何かが、体の奥で渦を巻いていた。

(忌まわしい)

率直に、そう思う。

体と引き換えに得た安全と寝床。何より呪痕士という懸念を外に向けさせた事実。

暁華の様子からするに、手慣れている。今まで彼女が一人でいたとき、炎駒の国まで辿り着く中、幾度もこうしていたのかもしれない。そうでなければ機転が利くこともなかっただろう。

公主という立場を使わず、女としての武器を平気で操る今の暁華。無邪気に微笑んでいた昔の彼女の顔が交互に点滅し、消える。

俊耿は眉を寄せ、何度も首を横に振った。

暁華がいる部屋へ入り込む気にもなれず、足下を、排水路に溜まったどぶを眺める。

朗らかさという光に隠された暗闇を見て、やはり、と口元を歪めた。

(知らない方が幸せだ)

そのまま、あてがわれた物置へと戻る。兵士と彼女がいる部屋に入る気は、なかった。なれなかったのかもしれないだけだが。

「朱雀(すざく)、タイラン山の炎に消えて、白虎(びゃっこ)はココウ岩場に溶けゆく。青龍(せいりゅう)、キョリュウ森林に眠りて玄武(げんぶ)の住まうミツギ湖を見る……」

千の中邑(まち)は盛大に賑わっていた。そこここから商売人の声が怒号のように響いている。

天乃四霊を着想にした歌声は、遠い広場から聞こえる雑技団の歌姫のものだろう。

白い光源の下(もと)でも活気に溢れ、誰もが生気に満ちていた。

「人だらけだな。さすが商人の中邑(まち)。飯店(はんてん)もでかい」

砂風に揺らぐ緑の披帛(ひはく)を首に巻き直し、泰然は飯店や屋台から立ちのぼる食べ物の香りに鼻をひくつかせている。

関所から歩いて半刻。朝一番に詰所をあとにし、今は昼に入りかけたところだ。

「で、どうするよ。邸店（ていてん）探して、それからどこかで腹ごしらえするか？」

泰然は気分がいいらしい。問われ、俊耿は自分たちの後ろを歩く暁華を首だけで見た。

彼女の顔色はあまりよろしくはない。

そうだろう、と冷静に思う。暁華が物置へ帰ってきたのは大分遅かった。兵士とどんなみだりがましい行為をしてきたのか、想像するのもおぞましく感じる。

「暁華？」

「……うん。邸店で部屋とって、それからご飯食べようか。朝ご飯抜いてきたもんね」

こちらに向かい、彼女は微笑む。なんてこともないように。

「俊耿もそれでいいのか？」

「ええ」

首を元に戻して言うと、泰然は目はまたたかせた。自分のそっけない物言いに、何か疑問を覚えたのかもしれない。

「なんかあったのか？　暁華と」

「いいえ、何も。旅で疲れているのでしょう、彼女は」

「……そういうもんかね」

小声でささやいたのち、肩をすくめて泰然は天を仰ぐ。それでも半円形の橋を渡る足取りはしっかりしていた。

干の中邑には水路がある。近くにミシャ川が流れており、公共の埠頭も設けられていた。

俊耿が見たところ、川の水は澄んでいる。衛生観念がしっかりしているのかもしれない。奥の住居側、吊脚楼式の家屋が並ぶ方ではどうだか不明だが。

青色の川に浮かぶ船では、塩や油、薪などを売り買いしているものも目立った。ちゃっかりと賄賂を受け取る駐屯兵の姿も見かけたが、目が合わないうちにすぐ視線を逸らした。

雑踏は多く、旅装束をまとったものたちの行き交いは激しい。隣を行く泰然にも気付かれぬよう、俊耿は静かにため息をついた。人に酔ってしまいそうで。

「暁華。厩舎があるところに泊まりたいんだが、予算的にはどうよ」

「大丈夫だと思う。先払いした護衛の賃金を除いても、まだ余裕あるから」

「じゃ、ここにするか」

橋を渡りきった街路で、泰然は足を止めた。俊耿も、また。暁華は人混みを掻き分けて、馬の横で建物を見上げる。

青みがかった瓦は、白い光によく映えた。大門の隅はせり上がっており、木の扉が左右に飾られ、客人を歓迎する証の抱鼓石には青龍の印が彫刻されている。門楼は幾何学模様で細緻に飾られていた。門額には『胡邸店』と立派な文字。

「ちょっと高そう……」

「町の連中の話聞いてたら、ここが一番評判よさそうでな。角灯持ちの巡回もあるってさ」

「そっか。命はお金に代えられないもんね。ここにしよっか。個室、とってくる」

泰然の説明に納得がいったのか、暁華はうなずいて中へと入っていった。

「俊耿は値段をふっかけられないか、暁華と一緒にいてくれ。オレは案内があるまでここにいるから」

「……わかりました」

そう言われては仕方ない。首肯もせず、俊耿は暁華のあとに続いて邸店へ足を踏み入れた。

中は広い。石の欄板(らんばん)に施された植物画。中央には池があり、蓮(ハス)の花が咲いている。太い柱に寄りかかり、商いの話をしている商人や旅人たちの姿も目立っていた。

暁華は入口のすぐ側にいる。奥にある、食堂と思しき虹梁(こうりょう)の装飾などに目を奪われているようだ。

「何を呆けているのです」

「あ……ううん、綺麗だなって」

「宮の方が飾りがなされているでしょうに」

淡々と告げれば、暁華の顔が曇る。

「あたしは離宮で暮らしてたから。こんな装飾、ほとんど見たことなくて……お店の人はどこかな」

付け足すように笑う彼女へ、俊耿が口を開こうとしたそのときだ。

「いらっしゃい、何名様で？　お泊まりかい、それともお食事だけ？」

恰幅のよい男が近付いてきた。朗らかな声はかなり大きく、思わず耳を塞ぎたくなる。

「泊まりと食事。三人なの。個室がとれればいいなって思ってるんだけど、空きは？」

「お嬢さん方、運がいいね！　明け方にちょうど三つ、部屋が空いたよ。食事は夜だけ？　それとも昼食もつけるかい？」

男は竹簡でできた品書きを腰帯から取り出し、こちらに見せてくる。丁寧にも、厩舎を使用するときの値段まで書かれていた。

「俊耿、どれがお得かな」

「……そうですね」

迷ったような、困った顔でささやかれ、結局暁華の代わりに俊耿が決めた。三つの小部屋と昼夜の食事、厩舎つき。それを二日間。

二日泊まると告げれば、男は満面の笑みでほんの少しだけ値引きしてくれた。

「厩舎は裏側、部屋は二階ね。食事は広間で。先払いでお願いするよ」

「うん」

暁華は革帯の鞄から小袋をとって、銭を男へ手渡した。さすがに袋の中身を見せる素振りはない。

銭を数えた男から、宿泊するときの鍵と竹紙を受け取って、俊耿はもう一度外に出る。

馬のたてがみを撫でていた泰然が、俊耿の方をちらりと見た。

「個室がとれました。店の裏側に厩舎はあるそうです。置いてから食事にしましょう。許可証と鍵はこちらに」

「わかった」

竹紙と鍵を手にした泰然は馬を連れ、大きな店の角を曲がっていく。颯爽と歩く足取りは速い。今まで暁華の足を気遣い、歩調を遅らせていたことがわかる。

「あれ、泰然ってばもう厩舎に行ったの？」

「ええ」

「じゃあ、食堂に行こうよ。あたしもお腹空いてるし」

入口から顔を覗かせた暁華をまともに見られず、ただうなずいた。

再び邸店へ入り、彼女の後ろを行く。そこら中からいろんな食事の匂いがしていた。

四人用の席があり、暁華はそこに腰かける。俊耿も斜め向かいの椅子へと座った。目ざとい店員が、献立の書かれた竹簡を素早く机の上に置いていく。

暁華は身を乗り出し、目を輝かせながら小声で品名を読み上げていた。

「たくさん種類があるね。俊耿は甘いのは好きじゃないから……キビの粥と牛のモツ煮込みと……うーん、泰然はたくさん食べるし、何にしよっか」

「……ねえ、俊耿」

「私は簡素なもので構いません。好きなものを食べなさい」

「なんでしょうか」

「こないだの夜、あたしが部屋から出ていったこと、知ってるでしょ」

机に載せていた手が、一瞬強張ったのを俊耿は感じた。だが、表情には出さない。あくまで無表情に努めてかぶりを振る。

「だとしたらなんだというのです」

目を細め、冷徹な視線で彼女を射貫いた。

暁華の醜さ、女の武器を巧みに操る姿に衝撃を受けたのは間違いない。だが、それを追及したところで何になるのだろうか。

「礼でも言えと？　機転を利かせてくれてと」

皮肉を込めれば、暁華はまた瞳の奥に暗いものを宿した。泰然がいる前では見せない、自分にしか見せない翳りは、俊耿の心に棘（とげ）を作る。

「あたしはそんなの、求めてない」

「ならばあなたにかける言葉はありません」

「本当に？」ともう一人の自分が聞いた気がした。だが、胃もたれのような感覚がそれ以上、暁華へ吐き出す言葉を詰まらせる。

周囲の賑わいが耳にこびりつく。誰もが楽しそうだ。自分と暁華の席を除いては。彼女もまた、何も言わない。

冷たく感じるほどの沈黙。沈黙は苦ではないはずだ。しかし今回のものは重苦しい。静寂が針となって刺してくる、そんなことを内心、俊耿は思った。

「おっ、待たせたな、お二人さん……ってなんだ。まだ飯、頼んでないのか？」

「ほ、泰然が来てからの方がいいかなって」

「いいものはすぐ食べられちまうぞ。茶ぐらい注文しとけって」

呆れたように笑いつつ、現れた泰然は俊耿の隣に腰かける。木の椅子が軋(きし)みを上げた。

「しっかり腹ごしらえしないと、情報収集なんざやってられないからな。ちゃんと食え」

「そうだね。どれにしよっかな」

微笑んで再び悩む暁華をさておき、結局ほとんど泰然が品を決めた。

緑豆粉の薄焼き入りあんかけに豚モツのとろみ煮込み、焼き小籠包(ショウロンポウ)は九つ。茶は青茶を注文した。

ほとんどが体を温めるものだ、と頭の隅で思いながら、俊耿は運ばれてきた茶を飲む。あんず色の茶は清香で、爽やかな甘さがあった。

この町は川に面しているためか確かに少し、肌寒い。それでもゆっくり食事をしていくうちに、体の芯が暖まっていく感じがした。

空腹ということもあって、どれもが美味(うま)い。特にモツの煮込みはあまり食べてこなかったものだが、ニンニクなどの香辛料、そしてダシの味が利いている。

「で、一応二日間にしたんだな？　ここは」

「うん。その間に聞き込みだね」

「……賢人の美玲(みれい)。それから『霊胎姫(れいたいき)』だったか。まず賢人の方を先に探した方がよさそうだな。顔はわかってるのか？　頭に入ってるなら、その特徴を聞きたいんだが」

「わかるよ。画を描いてもらってるから」

「待て。それは聞いてないぞ、オレ」

「あれ？　泰然に見せてなかったっけ。ごめん。あんまり他人に見せるなって言われてたから」

「それは兄貴とやらの言いつけか？」

「……うん、一応。今出すから、ちょっと待って」

暁華が革帯の小物入れから、一枚の竹紙を取り出す。料理皿を脇に退け、こちらに向けて机の上へ広げてみせた。

大きい碧眼の女性がそこには描かれている。黒い髻を結い上げ、残った髪はそのまま背中に下ろしていた。衣と上衣は桃色で裳は白い。瞳の大きさに不釣り合いな、どこか凛とした顔付きが印象的だ。

「この人が賢人の美玲……って泰然、なんで遠い目してるの？」

「あー……いや……うん。うん、わかった。……凄くよくわかった」

「もしかして、もう見かけたとか？」

顔を明るくさせる暁華に答えず、泰然は焼き小籠包を口に運びながら何かを呟いている。

「だからって」だの「もしかも何も」と、隣にいる俊耿にだけ聞こえる程度の大きさで。

「見覚えのある方ですか」

俊耿は緑豆粉のせんべいを咀嚼し、たずねてみた。もし彼が賢人の居場所を知っているならば、この中邑で旅は終わる。少なくとも、暁華との旅は。

泰然が唸る。ため息をつき、竹紙を数回、諦めたかのように指で叩いた。

「オレが旅してる理由は、こいつだ」

「え？　泰然、美玲のことを知ってたの？」

「名前だけ同じだって思ってたんだよ」

「探し人というわけですね。今、彼女がどこにいるか見当は？」

「ない。この国の出身だってことは知ってる」

「じゃあ、金冥近くの邑にいなくてもよかったんじゃない？」

首を傾げた暁華に、泰然は茶を飲みながら肩を落とす。

「もしかしたら金冥の国に、賢人として呼ばれてるのかもって考えてたんだよ。こいつ
……美玲は旅商人の間に生まれた天才だ。二歳の頃にはもう大抵の文字を読めて、書けたって聞いてる」

「泰然はどうして美玲を探してるの？」

「それは、秘密だ。……なんだよその目」

「ケチくさいなって思っただけ」

「あのなあ。誰にだって探られたくない腹はあるだろ？　きっとお前さんにもだ」

指さされ、暁華は瞳をまたたかせた。それから小声で「うん」と答える。泰然はしたり

顔をし、頬杖をついた。

「オレを雇うときに約束しただろ。互いの素性には干渉しないってな。忘れたか？」

「忘れてないよ。ごめん」

「わかればよろしい。……なんの天命か、尋ね人は同じだった、ってことだな。怖い偶然もあるもんだが……お前さん、出身は金冥だよな？　いなかったんだよな？　美玲は」

「もちろん。嘘つく必要なんてないよ。あたし、彼女を探しに旅に出たんだから」

暁華が唇を尖らせる。泰然は画の方をじっと見たのち、少しばかり怪訝な面持ちで声を潜めた。

「後宮入りさせるつもりじゃないだろうな、こいつのこと」

「えっ？　なんでそういうことになるの？」

「お前さんの兄貴は宦官なんだろう。帝に気に入られるためにやることって言えばな」

「違うってば、本当に。兄様は……その、どっちかって言うと、自力でのし上がっていきたがる性格だから。あまり詳しくは話せないけどね、これは帝様からの特命なの。だから一族総出で探してるんだ。あたしもそのうちの一人なんだよ」

「……ふぅん」

俊耿の目には、泰然が未だ納得していないように映る。確かに暁華の嘘は上手くはない。俊耿としては、まだ彼女に言い募るのかと思ったのだが。

「利害は一致してる……か」

自らを納得させるかのように、泰然は赤毛を軽く掻いた。

「美玲に会いたいのはこっちも同じだ。聞き込み、気合い入れてやってやるよ」

「本当に？　ありがと、泰然」

笑い、暁華が俊耿を見た。その瞳にはありありと問いが浮かんでいる。「どうするの」、と。

俊耿は茶をすすったのち、器を置いた。

「私もここが、住むに最適な場所だとは思いません。いささか騒がし過ぎる。賢人を探す理由はとりたててありませんが、しるべとなる言葉をいただけるならば……」

「じゃあ、俊耿も協力してくれる……？」

暁華の声に、ただ首肯した。あからさまに彼女は胸を撫で下ろしたようで、長いため息をつく。

泰然が絶妙の合間で手を打った。

「忘れてたわ。この中邑の地図、商人から買っといた。頭に叩き込めよ、お二人さん」

言って美玲の画の上へ、それより小さな竹紙を広げる。水彩画の地図は細かなところまで描き込みがされていた。

「オレたちが今いるのはここ、商店が並ぶ西の区画だ。南のヤム山地側には侠客たちが住んでる。シゴウ砂漠に繋がってるな。東は住居区。北には駐屯軍の連中がいる」

「ふぅん……もしここで、美玲が見つからなかったらどうしよっか？」

「そのときは、ヤム山地から蓮の邑目指して歩くことになる。街道は作られてるらしい。最終的には東に進んで……王邑入りだな」

地図を確認している暁華が、唇を尖らせる。彼女はすぐ道を間違える。方向音痴なのは俊耿も泰然もよく知っていた。

地図を持ち、睨み合いをする暁華をよそに、泰然が小声でささやいてくる。

「俊耿、お前さんは北には行かない方がいい。兵に目をつけられたら面倒だしな。東の居住区か西の商店区画で聞き込みを頼む」

「わかりました。あなたはどこへ？」

「南だ。荒っぽい連中の相手は任せとけ」

「ねえ、あたしはここ、西にいた方がいいよね？」

「ああ」「ええ」と二人の声が被さった。干の中邑は広い。迷子になられても困る。即答に、暁華はどこか納得がいっていない様子だ。

「私は東に行きます。光源士が藍色へ光を変える前に戻ってきましょう」

「よし、まずは南と東、そしてこの西だ。空の様子は確認しとけよ……特に暁華」

「そのくらいわかってる。子ども扱いして」

「地図はお前さんに貸しとく。迷ったら誰かにこの、青い文字を指せ」

「うん」

暁華の返事にうなずき、泰然は椅子から立ち上がる。逸る気持ちがあるのか、大股でさっさと邸店をあとにしていった。

うつむく暁華と二人きりになり、俊耿は少し悩む。それから腰の道具袋を探り、羅針盤を取り出して机の上に置いた。

彼女は羅針盤とこちらの顔を見比べ、目を丸くする。

「これ……」

「方角の読み方くらいは習っているでしょう」

「……いいの？」

「迷われても困りますから」

そっけない物言いだと自分でも思った。だが、頰を紅潮させる暁華はどことなく嬉しそうだ。

「ありがとう、俊耿」

謝辞に、俊耿は何も言わなかった。壊れものを扱うように、白い指で羅針盤をなぞる暁華を見下ろし、しかしそれも一瞬だ。時間は少ない。彼女を置いて広間から外に出る。

たらふく食べたためか多少、眠い。だが、邸店の外に出ればすぐ人混みや話し声が押し寄せてきて、思考をはっきりとさせた。風は強いが体も十分に温まっている。

泰然の姿はすでに見当たらなかった。暁華がいない分、歩幅を大きくしても問題ないだろう。いつもより歩く速度を速め、早速、東の居住区へと向かった。

東に向かうにつれ、川が少し濁りを見せている。ごみや糞尿の臭いも漂いはじめた。船運でそれら二つを回収していると思えば、仕方のないことなのかもしれないが。

富裕層のものと思しき家には園林が作られ、ヤナギやシャクヤクの葉がそよいでいる。そこら中でたむろし、かしましく会話を続ける中邑（まち）のものは、こちらを気にする素振りを見せない。旅客や商人に慣れているのだろう。

（まずは私塾に行きましょうか）

やみくもに聞いて回るより、学識のあるものの頭脳を借りる方がいい。そう考え、土地（とち）廟（びょう）付近にある私塾へと足を運んでみた。

探し人がいると話すと、出てきた老人は穏やかな顔をそのままに話を聞いてくれた。だが、美玲という女性のことは知らない、と首を傾（かし）げる。

「賢人だという話もあるのですが、それでもご存じありませんか」

俊耿が問えば、一瞬老人の顔が強張った。

「知りませんな」というすげない返答に、何かを隠していると確信する。しかしここで追及すれば、下手をすると怪しまれてしまうかもしれない。兵を呼ばれるのは厄介だ。

簡易な礼を述べ、早々に私塾をあとにした。

帰りは別の道筋を辿ることにする。民家近くの船着き場にいた商人へ話を振ってみた。

「いやあ、聞いたことはないねえ。賢人？　それならなおさらさ。侠客の連中に話を聞いた方がよさそうだがね……ところで何か買っていかないかい」

煙管を吹かし、船に積まれた荷物を指す男へ内心、俊耿は苦笑する。全く商魂たくましい。だがこれも、情報料の代わりと思えば払った方がいいだろう。

男に品を見せてもらった。鞠や弾弓、短めの竹馬など、子ども用のおもちゃが多い。どれも旅には使えなさそうだ。困って視線を彷徨わせれば、荷物の隅に朱塗りの曲笛があった。白いボタンの絵が美しい。

ふと昔のことを思い出す。禁忌の宮にいたとき、暁華が曲笛を吹いてくれたことがあった。まだ幼いだろうに、それでも技巧はなかなかのもので、つい聞き惚れたくらいだ。

「その曲笛をいただけますか」

口から言葉が勝手に出ていた。自分でも驚くくらいに、あっさりと。心の中でうろたえるも、男はうなずき笛を差し出してくる。

こっそり嘆息し、謝礼も込めて多めに代金を支払った。すると機嫌がよくなったのだろう、彼は金を数えたのち、周囲を見渡してから声の抑揚を抑えてささやいてくる。

「これは噂程度のものだがね。この町の南に一人、酔狂な男が住んでるって話さ。なんでも侠客たちが一目置いてるやつらしい」

「男、ですか」

「学者の卵だったらしいが、詳しいことは知らない。もしかすれば探し人の件を聞いてくれるかもわからんね」

「なるほど……」

「ああ、おいらが話したって言わんでくれよ。商いができなくなっちまうからな」

「留意します。ありがとうございました」

曲笛を革帯に挟み、俊耿はうなずく。それから階段を上り、歩きながらしばし思案した。学者の卵というからには、私塾に通っていた可能性もある。問題でも起こして厄介払いされたのだろうか。それにしては老師の態度が腫れ物に触るようだったため、妙に引っかかる。

(商人の話からして、あまり表沙汰にしない方がよさそうだ)

南に向かった泰然が、何かしらの情報を得てくれればいいが、と腰に手をやったとき、指先に曲笛が当たった。

自分は笛を吹けない。口笛だけだ。幼い姿の暁華が、楽しげに笛を吹く姿がいやでも思い起こされる。柔らかな曲調、それすらも。

(さっさとこれを渡してしまおう)

一度西側へ戻ることにした。空を見れば、若干、高台の方が薄い藍色に変わっている。ちょうどここいらが潮時だろう。

船を漕いでいた商人たちも、そそくさと川から上がりはじめていた。人気も少しずつなくなっている。みな、夜に備えて家などに入る準備をしていると思えた。

俊耿が邸店近くの角を曲がり、近道をしようと路地裏に入り込んだときだ。

「ねえ、本当に賢人のこと知ってるの?」

「知ってる、知ってる。だから、な?」

聞き慣れた、いやでも聞き覚えのある女の声と、下品な男の声がした。思わず角に身を潜め、俊耿は首だけで路地を覗き込んだ。

暁華と見知らぬ男だった。男は鼻息を荒くし、興奮状態にあるのがわかる。彼女はしなを作り、ここでも、変わらず、気を惹くように欲情を誘う素振りを見せていた。

頭痛がする。あどけない暁華の顔がまた、浮かぶ。汚れを知らぬ柔らかな旋律が俊耿の脳いっぱいに広がったとき、手が勝手に動いていた。

口笛を高く鳴らした瞬間、男が動揺する。

「やべえ、風紀兵か！」

「ちょ、ちょっと待っ……痛っ」

男は顔を真っ青にし、暁華を突き飛ばした。それから表通りの方へと走って消えていく。

どうやらここでも、勝手に春を売る人間の取り締まりはなされているようだ。

だが、そんなことはどうでもよかった。俊耿の全身の血が逆流する。薪の束に腰を打った暁華の元へ、靴を鳴らして近付いていく。

「あ、俊耿……」

立ち上がった暁華の肩を掴み、思い切り壁へと叩き付けた。痛覚にだろう、彼女の顔が歪む。

「何をしているのです、あなたは」

「痛い……痛い、よ、俊耿」

言葉に込めた怒気に気付いたのか、暁華が体を震わせる。それがまた、俊耿の癪に障った。

「媚びを売り、体で情報を得ようとしていたのですね。公主としての誇りはどこにある！」

怒鳴り声に、彼女は怯えを顔に出した。

怒りなど、俊耿は自分にはないものだと思っていた。一番縁遠い感情、それは怒気だと。だが、暁華という存在が心をかき乱す。知らない感覚が理性を滅し、耳鳴りまでしてくる始末だ。

暁華がうなだれた。反省でもしているつもりか、とせせら笑ってやりたくなる。

「……ないよ、そんなの」

絞り出すような声で、彼女は呟く。

「公主の誇り？　何それ。そんなのがあるならあたしは今、ここになんていない」

俊耿が眉を寄せた瞬間、肩を押しとどめていた腕を暁華は手で打ち払う。

「そんなの、豚にでも食わせればいい！　あたしはいらない子なのっ」

顔を上げた暁華の目、灰色の瞳はぎらぎらと異様に輝いていた。怒りか、悔しさか、あるいはもっと別の何かで。

思わず唾を飲み込む俊耿に構わず、彼女は憤怒でおもてを満たした。

「あたしは金冥にはいらないの！　金冥だけじゃなく、この世のどこにもいらないの。兄様も父様もあたしを見捨てた。公主なんて立場、もう、あたしにはないっ！」

「……なぜです。なぜあなたは廃嫡されたのですか」

唇を噛み、こちらを見上げて瞳を潤ませる暁華に問う。この世のどこにもいらない、とはどういう意味なのか、全くわからない。

たずねれば、彼女は顔付きを変えた。まっさらな、何もない人形のような顔となる。

「あたしには、痕がないから」

「……痕が、ない？」

「虚ろ子。俊耿なら、ううん、みんな知ってるよね。十歳のときに誰もが持つ痕が、あたしには浮かんでこなかった。だから、王宮から捨てられた」

淡々とした声音に、俊耿の頭は追いつかない。

彼女はなんといったのだろう。虚ろ子——すなわち、天乃四霊の加護を持たぬもの。

「あなたが、虚ろ子……？」

「普通は見つかったら死罪だよね。不吉だ、役立たずだって。でもあたしは、生まれが生まれだから。離宮でずっと暮らしてたよ。俊耿がいなくなってもね」

暁華の笑みが歪む。自虐的な、朗らかさとはかけ離れた歪な笑いになる。

「誰もあたしを見てくれない。不吉だから見てくれない。じゃあなんのためにこの命が、体があるの？　俊耿ならわかる？　教えてよ、ねえ」

逆に問われ、しかし俊耿は答えが出せなかった。

確かに、虚ろ子という存在が生まれる場合は稀にある。天乃四霊に見捨てられ、嫌悪された烙印を押されし存在だと人々は言う。その大抵は、十歳と一ヶ月過ぎた辺りで命を奪われることがほとんどだ。

「……処刑されなかったのはなぜですか」

「賢人……秀英が、天啓を得たの。あたしのことは十七のときに追放せよって。その方が得をするからって」

「得？」

「詳しいことはわかんない。兄様も教えてくれなかったしね。金冥の国に幸を恵む可能性がある、だって」

そこまで言って、暁華はその場に尻をつく。両腕で顔を覆い、胎児のように丸まった。

「……勝手だよね。追い出して、賢人とかを見つけろだの。野垂れ死んだらそれはそれで僥倖。美玲を見つけてきても僥倖。見つけて戻れば、また国で過ごしてもいい、だって」

小さな両肩が震えていた。

幼子のような姿に、俊耿は何も言えないまま彼女を見下ろした。

（虚ろ子ゆえ、痕術を扱う素振りを見せなかったのか）

忌避され、いずれは殺されるべき存在であることを打ち明けられ、先程までの怒りがどこかに溶けていくのを感じた。

――彼女と自分は同じだと思ったからだ。

どこにも寄る辺がない二人。痕の有無という違いはあれど、暁華はもう一人の自分だ。

空を見上げた。白色が藍色に大分侵蝕されている。色の階調は美しく、それでいてどこか冷たさを帯びていた。

「……夜になる。邸店に戻りましょう」

声は硬くなったものの、先程まであった確固とした怒りは霧散していた。

風も強くなってきている。泰然はすでに店へ戻っているかもしれない。心配をかけ、すれ違いになれば大変だ。

「さあ」

迷った末、手を差し出す。先程肩を摑んだ手を。のろのろとした動きで、暁華が顔を上げた。瞳の奥は暗いままだ。彼女は迷子のような面持ちで、差し出された手を見ている。

「さあ、暁華」

俊耿はもう一度、声をかけた。それから自失する。彼女の名を呼んだのは、これがはじめてだということに気付いて。

彼女もその事実に思い至ったのだろう。今度は泣きだしそうな顔付きで、怖々(こわごわ)と手を重ねてくる。

肌は滑らかで、体温が熱い。手を握ったことに対し、俊耿は不思議と嫌悪感を覚えなかった。

立ち上がった暁華を連れ、無言で歩く。

路地裏から表通りへ行けば、人々がせわしなく家屋へ入っていくのが見られた。あちこちに松明を灯していくのは駐屯兵だ。

邸店の前に差しかかったとき、暁華が手を離した。俊耿が隣を見下ろせば、彼女もまたこちらを見上げている。

「もう大丈夫。ごめんね、俊耿」

苦笑いを浮かべ、駆け足で邸店へと入っていく暁華の背が、今まで以上に小さく見えた。

俊耿はしばらくその場に立ち尽くす。

何に対しての謝罪なのだろう。気遣いへの礼だったのか、あるいは自分の怒りをなだめるためのものなのか、見当がつかない。

静かにかぶりを振り、繋いでいた手のひらを眺めた。

温もりがまだ微かにある。暁華という存在が、生きている証拠のように。

なぜ彼女と肌を触れ合わせても忌避感を抱かなかったのか、わからない。

「どうしたよ、俊耿。突っ立って」

声をかけられればはっとおもてを上げれば、赤ら顔の泰然が目をまたたかせていた。酔っているのか、酒精の香りをまとわせている。

「……なんでもありません。あなたこそどうしました。酔われているようですが」

「ちょっと訳ありでな。中に暁華もいるんだろ？　入るとしようや」

俊耿の返事を待たずに、泰然は邸店へと戻っていく。歩調はしっかりとしており、酩酊している様子はなかった。

迷った末、俊耿もあとに続く。入口付近にも食事処となっている広間にも、人がごった返していた。四人がけの席をとった暁華が、こちらに向かって手を大きく振っている。

席についた瞬間、暁華が泰然を見ながら鼻をつまんだ。

「泰然、何してたの？　お酒臭いよ」

「まあまあ、堪えてくれ。これでも死ぬ気で情報集めしてきたんだから」

「本当かなあ……」

「お前さんこそ迷子になってなかったか？」

「なってない！　ぐ、ぐるぐる回ったりはしたけど」

「へいへいっと。そんじゃ、飯食いながら話でもするか」

泰然が俊耿を見る。俊耿はうなずく。あまり腹は減っていないが、しっかり食べねば朝に支障を来すというものだ。

川エビの炒めものに青菜のあつもの、アヒルのあぶり焼きと黒茶を店員に頼む。暁華の頼みで、彼女の分だけごま団子を追加した。

「お二人さん、聞き込みの方はどうだった？」

「みんな、あんまり賢人について話したがらなかったかな。何か隠してる感じがしたよ」

「そうですね。私は私塾にうかがいましたが、そこでも賢人と出せば態度が変わりました。ですが」

出てきた黒茶を飲み、俊耿は小声で続ける。

「酔狂な男がいる、とは商人の話です」

「そりゃ仔静のことだな、きっと」

同じく顔を合わせ、ささやく泰然に暁華が小首を傾げた。

「仔静って誰？　探してるのは美玲だよ」

「そう急ぐなって。侠客たちに酒を奢って口を割らせた。どうやら私塾に通ってた男らしい。そいつは、夢を見て未来を予知する」

「天啓を得る、ということですか」

「多分な。おかしくなった、とかで私塾を追われたところまでは聞いた」

そこまで泰然が話したとき、食事が運ばれてきたので思わず全員、口をつぐむ。

だが、店員は気にすることもなく厨房へと戻っていった。書き入れ時ということもあり、一般の客に構う余裕がないのだろう。

「……それで、その仔静って人は侠客たちのところにいるわけ？」

「ああ。会わせちゃくれなかったけどな」

「南に住んでいる、という話も聞きました。侠客たちの住処へ行く必要がありますね」

「朝一で向かってみるか。暁華は留守番」

「どうして？」

「そりゃ……お前さん、物騒だからだよ」

泰然は苦笑する。だが、暁華は首を横に振った。

「ここまで来たからには一緒に行きたい。お願い、泰然、連れてって」

「って言われてもなあ……」

困ったように泰然は鼻を掻き、視線を俊耿へ向ける。赤い瞳には説得してくれ、という思いが込められているように俊耿は感じた。

泰然の理屈はもっともだ。侠客たちは義を重んじ、自らの芯を曲げる真似はしない。誰彼構わずに手を出すことはないだろう。が、機嫌を損ねれば刃傷沙汰（にんじょうざた）になる可能性も高い。

しかし、暁華の気持ちもわかる。今ならば。自ら賢人に会い、謎めいた『霊胎姫』という存在のことを聞き出したいという思いは。その二つが彼女の生きる糧（かて）なのだろうから。

悩みあぐねたのち、真剣な眼差しを作っている暁華を見た。

「余計なことを口走らない、と約束できますか」

「おい、俊耿」

「私たちの言うことを聞き、勝手な真似はしない。余計なことも話さない。その二つを守れるならば……泰然、連れていってもいいのでは？」

「約束するよ、俊耿。あたし、いい子にする」

ぱっと暁華の顔が輝く。一方の泰然は天井を仰ぎ、それから大きなため息をついた。

「……雇い主の願いとあっちゃあな、仕方ないか」

「本当？　一緒に行ってもいい？」

「その代わり、俊耿の言うとおりにするんだぞ。オレの言うことも聞くこと」

うんうん、と暁華は嬉しそうに何度も首を縦に振る。それからようやく、食事に手をつけはじめた。

「やっぱお二人さん、何かあったんだろ」

酒臭い息を吐息に、泰然が横の俊耿にだけ聞こえる声でささやく。炒めものを口に運び、俊耿は無言を貫いた。

「ま、こっちとしては角立ってるよりかはいいけどな」

「何もありません」

「嘘つけ。ころっと態度変わってるぞ」

「……少し思うところがあっただけです」

「十分過ぎだ」

笑われ、自分でも手のひら返しが過ぎると自嘲する。暁華の立場に哀れみでも覚えたのだろうか、と。

すぐに憐憫（れんびん）ではない、と思い直した。彼女との思い出は自分の寿命にすれば短い、微々たるものだ。それでも昔を想起すれば、暁華との関わりだけは仄明るく感じる。

火山のような感情の噴出もはじめてだった。胸の中に芽生えはじめた何か。それを言葉にするには、経験が足りない気がする。

「また男二人でひそひそ話して。ずるい」

「ずるくない」

頬を膨らませる暁華に構わず、泰然が素早い動きでごま団子を手掴みし、口に入れた。

「あっ、あたしの団子っ。返してよ」

「美味いな、これ。もう一個くれ」

「だめっ。自分で頼んで！」

けらけら笑う泰然を、暁華は睨んだ。だが、彼は相変わらず飄々とした素振りでアヒルへと手を伸ばす。阻止しようとする暁華は躍起になっていた。

一気に騒がしくなった食卓に、俊耿は薄い空気が一枚あるな、と思う。暁華たちと自分をわけ隔てる空気の層のようなものが。

二人の仲はいい。馬が合う、とでも言えばいいのだろうか。笑い合う二人を見ていると、不思議と食欲がなくなった。そして不意に、気付く。

孤独とは、誰かがいてはじめて感じるものなのだと。

母の藍洙が死んだときも、幼い暁華と別れたときも覚えなかった感覚。旋の邑や他の村落でも知らなかった孤独というものは、きっと、他者に介入していなかったからだ。

無論、医者としての力量が足りず、看取った患者も中には大勢いる。しかし、自分の手際の悪さを悔やんだだけだ。それは結局他人と、自分の一線を区切っていたからではないだろうか。

箸を持つ手が、少し震える。かしましいと感じていた団欒に、焦がれる自分が確かに今、いた。

「いいもん、あたしは俊耿のもらっちゃうから」

名を呼ばれ、顔を上げれば揚げものを箸でつまむ暁華と目が合った。

「……食べてなかったからもらっちゃったんだけど……だめ、だった？」

「……いいえ」

「じゃあオレももらおう」

「泰然は食べ過ぎなの！　遠慮してよね」

「隙あり」

「また団子とってっ……俊耿、こうなったら泰然の分、二人で食べちゃおうよ」

「……そう言われましても」

「奪えるもんなら奪ってみな」

「あーもう、お皿、持ち上げるのは反則でしょっ。背丈考えてよね」

先程の件がなかったように、暁華はふるまう。明るく、活発に。なんとなく俊耿の気持ちは落ち着く。すると、持った箸が勝手に動いた。目の前に寄せられた泰然の皿からアヒルの肉をつまんでみせると、泰然が「げっ」と声を上げる。

「酔ったあとの油ものは、体によくありませんから」

言って、肉を咀嚼した。美味く感じた。今まで食べてきたものは砂だと思えるほどに。

独りではない、そう思うとなおさらだった。

……なごやかな時間はすぐに過ぎていく。

周囲を見れば一人、また一人と食卓をあとにしていくのがわかった。

それに気付いたのか、先程まではしゃいでいた泰然が唸る暁華を手で押しとどめる。

「オレたちもそろそろ、水場借りてから寝るか。明日も早いしな」

「うん。泰然のせいで無駄に汗掻いちゃったし、いい加減さっぱりしたい」

「俊耿、あんたはもう少し遅くに水場を使うといい。痕は普段隠れてるとはいえ、一応な」

「そうします。部屋の見張りは私がやっておきますので、お二人は水場へどうぞ」

俊耿の言葉に、暁華も泰然もうなずいた。

邸店にはもう一つ、食事処の横に広間があり、雑魚寝(ざこね)などに使われている。火がついた中央の囲炉裏(いろり)を囲み、旅人たちが談笑していた。

二階の個室へ向かう際、角灯を持った見回りとすれ違う。蠟燭の灯火は光源士の放つ光より弱いが、盗(ぬす)っ人(と)対策だと思えば頼もしい。

「じゃあな、また明日」

「お休み、俊耿。泰然も」

「ええ」

挨拶をし二人と別れ、俊耿も自室に入る。

簡単な施錠がされている部屋は、それなりに広かった。毛氈(もうせん)が置かれている牀褥(しょうじょく)に荷物置き場、そして外を覗ける丸い窓。体を拭くための布と砂時計すらも机には用意されており、評判のよさにもうなずけた。

歩いたせいか、それとも満腹のためか疲労が体を襲う。しかし同時に充足感もあった。形容しがたい満足感が。

胸の疼きに困惑しつつ、革帯に挟んだ笛を取り出す。これを渡すのをすっかり失念していた。

（それにしても、虚ろ子とは）

つい、ため息が漏れ出る。暁華の発言には驚かされた。十年前、彼女が七歳だったとすると、三年後に事が露見したのだろう。

暁華は言った。「秀英が天啓を得た」と。

その天啓がなかったなら、彼女はとうに毒殺されていたはずだ。公では病死とされて。王家の恥となる存在なら、いや、災厄の象徴とされている存在であるなら、冷酷と名高い傑倫が直接手を下すこともしていただろう。

（私と再び会うこともなく、暁華は死んでいたかもしれない）

牀褥に腰かけ、手で笛をもてあそびながら思案に耽る。

天乃四霊にいとわれしもの。全ての四神から加護を得られなかったもの。痕術を使うこともできない、畜生以下の存在だと虚ろ子は罵倒され、殺される。

なんのためにこの命があるの、と暁華に問われた言葉が脳裏によぎった。

虚ろ子だから、だろうか。彼女が体を使うこともためらわないのは。

あの滑らかな肌に触れさせることを許し、色目を使って男を虜にする。その事実を連想したただけで、また頭に血が上っていく気がした。

(彼女がどうねじれようとも、私には関係ない)

すぐ我に返り、一人かぶりを振ったときだ。

控えめに部屋の扉が叩かれた。

「……どうぞ」

一呼吸おいて、返答する。中に入ってきたのは、手に体を拭く布を持った暁華だった。

「これ……返そうと思って」

立ち上がろうともしない俊耿に向け、差し出されたのは貸していた羅針盤だ。薄く笑む彼女が、少し目を見開いた。

「曲笛だよね、それ。俊耿、笛を吹けるの？」

「……いいえ。商人から情報料として買い取っただけのものですので」

「そっか。懐かしいな。あたし昔、下手くそな曲、聞かせたもんね」

苦笑を浮かべる暁華に、そうだろうか、と俊耿は内心で疑問に思う。

「下手だとは思いませんでしたが」

「本当？」

嬉しそうに微笑む彼女へ、曲笛を向けた。

「よければ差しあげます。私が持っていても意味がない」

「いいの？　ありがとう。凄く、嬉しい」

「安物ですが」

「値段は関係ないよ」

目を輝かせる暁華から羅針盤を受け取り、代わりに笛を渡す。彼女は布を机の上に置いて、手にした曲笛をまじまじと眺めていた。

「……まだ起きてる人も多いし、一曲吹いてもいいかな？」

「ここでですか」

「あ、迷惑だったら部屋に戻って吹くよ。って言っても久しぶりに使うから、前より下手になってるかもしれないけどね」

「……どうぞ」

とりつくろった物言いに、しかし俊耿は自然と承諾していた。暁華が笑みをより深める。

彼女は笛を唇に当てた。数回、音の出方を確かめて目を閉じる。

それから、しなやかで、よどみのない旋律が流れた。壮大な河川と森を連想させる音色(ねいろ)は昔、暁華が禁忌の宮で披露してくれたものと同じだ。丸みのある音階はたどたどしいどころか、過去より遥かに巧みになっている。

部屋に響く音は、俊耿の心身に染み渡った。自然と瞼を閉じてしまう。十年前と同じように。ただただ、流暢(りゅうちょう)な音階に聞き惚れた。

思えば音楽を知ったのも、暁華が笛や歌を聞かせてくれたときからだ。母の子守歌はついぞ耳にしたことはない。

母、藍洙は呪いのように繰り返した。「土鱗の王族に連なるものとして、誇りを失ってはいけない」と。

失われた、見たこともない亡国へどんな矜持（きょうじ）を持てばいいのか、今も俊耿にはわかってはいない。厳しい教育に疑問を覚えたこともある。狂った母には何も言えなかったままだが。

つらつらと昔のことを思ううちに、笛の音が不意に途切れたことに気付く。

瞼を開ければ、暁華がこちらを見て困ったような顔をしていた。

「どうしましたか」

「難しい顔してるから。やっぱり、下手だよね」

「いいえ。昔より上手く感じました」

「そう？　よかった」

心から安堵したように、彼女は長い吐息を吐き出した。それから苦笑を浮かべる。

「礼儀とかさっぱりだけど、笛と踊りは得意なの。雑技団にも入れちゃうかな」

「美玲を見つけたならば、金冥へ戻ることもできるのでしょう？」

暁華は俊耿の問いに、何も答えなかった。曲笛を革帯へ挟み、再び布を手にする。

「あたし、水場へ行ってくるね。笛、ありがとう。大事にするから」

それだけを言い残し、暁華は部屋から出ていった。一人残された俊耿の耳には、未だ、柔らかな旋律が残っている。

不可解なことに、また聞きたいと願う自分がいた。

……夜も更けた頃、広間にいる旅人たちが寝静まった隙に俊耿は水場へとおもむいた。

途中、見回り数名とすれ違ったが、「寝ていて体を拭いていない」と伝えると納得したようだ。

水場は静かで、誰もいない。服を脱ぎ、体や顔を素早く冷水で浄めていく。口もゆすぎ、歯木(しぼく)で口内の掃除をしてから杜若(とじゃく)の丸薬を噛みしめた。

苦味と共に、花の香りが口腔へ広がる。自分で煎じたものだが上手く作れた。

そういえば、と服を着つつ思い出す。暁華も杜若は服用していた。口臭に気を遣うのは女性としてのたしなみだろう。

(やけに考えてしまいますね)

ふと、気付いた。頭を占めるのは暁華のことばかりで、いつも寝しなに悩んでいた、あるべき居場所への懸念が抜け落ちている。

着替えを終え、嘆息した。

賢人の美玲に会えば、旅は終わる。泰然も美玲に用があるというし、暁華も彼女を見つけ、『霊胎姫』とやらの居場所を突き止めれば金冥の国へと戻ることだろう。

(私はどうする)

二人と離れ、また国々を渡る旅に出るのだろうか。今のところそれしか道がないように思えた。

しかし、今はそれを考えている場合ではない。朝にまず、仔静という男と会うのが先決だ。

一旦考えることを放棄した。風は相変わらず強い。風邪を引いてはこれからが大変だ。しっかりと絞った布で、髪をぬぐう。さっぱりとした気持ちで階段を上がり、中庭から広間へ出ようとした刹那。

中庭より曲笛の音が聞こえた。

天幕が張られている中庭へ顔を出す。石灰石が飾られた小さめの庭に、暁華がいた。聞いたことがない、安らぎのある曲調だ。寝ているものたちへ配慮しているのだろう、音も静かで耳に優しい。

通路の欄干へ身を預け、一心に曲を奏でる彼女の横顔は神秘的な美しさを放っていた。清らかすら、感じた。

「まだ眠っていなかったのですか」

不意に言葉が口を突いて出る。音が、止まった。暁華が振り返り、こちらを見つけて小さく笑う。

「俊耿。ちょっとびっくりした」

「笛の音が聞こえたので、つい覗いてしまったところです」

「うるさかったならごめんね。静かに吹いてたつもりだったんだけど……ねえ、こっち来て」

請われるように言われ、迷いもしなかった。庭の黒砂利を踏みしめて暁華の側へと寄る。

彼女は髪を結ってはおらず、背中まである黒髪をそのままにしていた。

「眠れなくて、笛吹いてたんだ」

「緊張で、でしょうか」

「うん。仔静のところに、美玲がいたら……って思うと、なんかね」

「賢人がいるとは限りませんよ」

「そうだけど。なんか鬱々した気持ちになっちゃうの」

珍しく愁いをおもてに出し、呟く暁華に俊耿は小さく頭を横に振った。

「楽観的に考えるのがいいと言っていたではありませんか」

「それはそれ。全部、わかって……見つかって。そしたらあたしは、結局どうなるのかなって」

「あなたには帰る場所がある」

「……俊耿には悪いこと言っちゃうけど、あたし、国に戻りたくない。戻ってもどうせ、隔離されるか離宮暮らしの毎日だろうから」

嘆息し、暁華が空を見上げる。俊耿もまた。

夢魔が入らないよう獣のなめし革で作られた天幕だけが、そこにはあった。夜霧すらもここからでは見えない。

「昔は空にホシ？　とかタイヨウ？　あと……」

「月、ですか」

「そうそう。そんなのがあったんだってね。どんなのか想像もできないけど。結局、全部を覆ってる夜霧ってなんなんだろ」

「……土鱗の国の古人は、自然の理……五行にも属さない、不可思議な術すら扱えたそうです。その類いなのでしょう」

小声で答えると、暁華はくすりと笑う。首を傾け、少し意地悪い顔付きを見せた。

「今日はなんかおしゃべりだね、俊耿」

「学者として、子どもたちにものを教えていたときの癖です」

視線を合わせずに嘘をついた。村落や邑を放浪していたときでも、ここまで饒舌になったことはない。

特に土鱗の国の件については、自ら話す真似はしなかった。怪しまれては元も子もないからだ。歴史を学ばせる際に、おとぎ話程度のものを聞かせた経験はあるが。

「俊耿は学者もしてたんだね」

「知識だけは無駄にありましたから」

少しの間、二人で無言になる。

何を話せばいいのか俊耿は迷い、ようやく言葉を選んで静かに口を開いた。

「あなたはこの十年、どのように過ごしてきたのですか」

「あたし？　そうだね……」

　暁華が欄干の側にしゃがみ込み、遠くを見つめる。

「乳母の翠嵐が死んだあとは、一人でいたかな。女官たちも、亡霊の公主、っていう噂を気味悪がって近付いてこなかったし。ご飯とか着るものとかはもらえてたけど……あ、本は読んだよ、俊耿の真似して」

「読み書きは独学で？」

「ううん、翠嵐から。いろんなこと教えてくれたよ。歌も、踊りも、笛も。本当にたくさんのこと。母様は小さい頃に亡くなってるから、翠嵐が実母みたいなものだった」

「よい方だったのですね」

　暁華は小さくうなずいた。懐かしむようなおもてのままで。

「……今のあたしを翠嵐が知ったら、叱るだろうな」

　ぽつりと呟かれた言葉に、俊耿の胸が軋んだ。怒気よりも、不思議と困惑と焦燥が遥かにまさっている。

　暁華がまた、誰かしらに色目を使うのではないかと思うと、複雑な気持ちになった。言い表せない感情がとぐろを巻き、重しが胃にのしかかったようになる。

「いつからですか。あなたが、その……」

「体を使うことを覚えたの？」

　あけすけに言われ、押し黙る。

聞きたくないと思う反面、なぜか一歩、話題に踏み込んでしまう自分がいた。

「護身術は兵に習ったんだけどね。そいつに辱められたの。十五のときだったな。……女としていつの間にか成長してたんだ、ってはじめて思った」

暁華の顔がまた、仮面のような無機質なものへと変わる。

「そいつ、あたしが兄様に何も言わなかったからっていい気になってね。何度もされた。代わりにぺらぺら、王宮の現状とか教えてくれるようになって……そこで気付いたんだ。体を使えば情報も手に入るんだって」

身を僅かに震わせ、淡々と語る彼女を俊耿は止めたかった。だが、口から出るのは言葉ではなく吐息だけだ。

暁華は続ける。こちらを見ずに。思いの丈をぶちまけるように。

「金冥から追い出されても役に立ったよ。誰もあたしのこと、虚ろ子だなんて思わない。女だから油断するし、逆に肌を重ねたときだけはあたしをちゃんと見てくれるから」

苦々しい笑みを浮かべる暁華を眺め、歪んでいると俊耿は思った。

ねじれた倫理観。自らの存在を認めてほしいという、飽くなき欲求。ない交ぜとなった二つが彼女を壊した。

暁華はかぶりを振る。小さく、力なく。

「馬鹿だってわかってるよ。そんなことしても結局、何も変わらないって。汚れてくだけだってことも。だけど……だけどね」

「暁華」

震える声に名を呼べば、彼女ははっと我に返ったように目を見開き、唇を噛みしめた。泣くこともせず、両足へ顔を埋める暁華の側へと俊耿は膝をつく。

「路地であなたを怒鳴った件を、私は謝罪しません。このままではあなたはまた、同じことを繰り返す」

「……うん」

「少なくとも泰然は、そんなことをして得た情報は望んではいないはず。もう自分を傷付けるのはやめなさい」

「俊耿は？　俊耿も、望んでない？」

顔を上げた暁華と目が合う。泣きだしそうなおもては彼女の幼い頃を連想させ、つい口元が緩んだ。

「私もです」

「公主としてとかじゃなくて？」

「ええ、関係ありません」

「……そっか」

そっと肩に触れれば、暁華の体の震えが止まる。

なぜ彼女に触れたのか、俊耿は自分でもわからなかった。ただ、つたない慰めの言葉をかけるより、行いを糾弾するより、そうしたいと思ったからだ。

暁華の負った心の傷を抉ることはたやすい。無関心を決め込めばいいだろう。しかし、彼女の過去を暴いた責任がある。責任を放棄し、干渉せずにそのまま無視することを、どうしても自分に許したくない。

これが人の言う優しさなのか、判断もつかないが。

「……俊耿はどう過ごしてたの？」

肩をさすっていると、少しは落ち着いたのか、暁華が首を傾げて寂しげに微笑む。

「村落や邑を転々としていました。長居しても三年が限度。この風貌ですから。炎駒の半分はあらかた回ったと思います」

「そうだね。俊耿の顔、昔とちっとも変わってない」

小声にうなずく。硬い微苦笑を浮かべ、肩に置いていた手を外した。そのまま暁華の隣へと腰を下ろす。

「若く見えるけど、今何歳？」

「百五十と少しです。私たち土鱗の人間は二百歳まで、基本の寿命があるそうで」

暁華が目を見開いた。口を開け閉めし、驚きの表情でこちらを見つめてくる。

「あ、あたしがおばあちゃんになっても……そのままなんだ」

「多少、老けることはあるとは思いますが。私の母は心労で実際、老いを感じさせていましたし。叔父はどうだかわかりませんが」

「叔父？　叔父さんがいるの、俊耿に」

「名は宇航（うこう）。母の弟です。生きているかは定かではありません。会ったこともない」

言葉がよどみなく出てくる。不思議なくらいつらつらと。

「どこかにいるのかもしれませんが、数えて二百歳近くになっているはずです。亡くなっていてもおかしくはない」

近くの灯籠（とうろう）を見つめ、ささやく。

宇航が生存している確率は低い。土鱗の国へ四ツ国が侵攻したときに生まれた男。すなわち次の帝となるはずだった彼は、乳母と共にどこかへ逃げたという。夢想していたときの母の言だ。信用はできない。

「会いたくないの？」

「見知らぬ叔父を探すより、自分のありかを見つけることに手一杯だったので」

暁華に答えたのは、嘘偽りではなかった。村人に怪しまれ、石を投げられたこともある。家畜の肥やしをかけられたことも。そのたびに思ったものだ。ここも、自分の居場所ではないのだと。

満たされない思いを抱えて生きている。郷愁という名の、どうしようもない寂しさを。

無言になった暁華を見ると、視線が合った。彼女は口をもごもごさせて、何かを言いよどんでいる。

「何か聞きたいことが？」

「し、俊耿は……その、誰かいい人、いなかったのかなって」

「いい人、とは？」

「好きな人とかのこと。俊耿くらい格好いいなら引く手あまただったんじゃない？」

言われ、真面目に考え込んでしまった。

「確かに邑の長から、娘を嫁に……などと言われたことはありましたね。身を固めてはどうだとも。その気はないので逃げましたが」

「だ、断袖(だんしゅう)の気(け)があるとかでもなくて？」

「私に男色(なんしょく)の趣味はありません」

呆れながら答える。男に惚れられたことも皆無ではないし否定するつもりもないが、そっちの趣味は持っていない。誰かに恋慕(れんぼ)を抱いたことがないだけで。

「そっか。……うん、そっか」

ほっとしたように微笑む暁華を見て、俊耿も軽く笑う。多分、ぎこちない笑みだろう。笑うことには慣れていない。

「賢人に会ったら、俊耿の居場所、聞けたらいいね」

「……ええ」

微笑みを深めて優しく言われた。灰色の瞳には温かな光が宿っている。

先程まで彼女の目の奥にあった翳りが消えていることに、少しばかり安堵した。

彼女の近くにある灯籠の明かりを見つめ、それから立ち上がる。かなり話し込んだ。これ以上の夜更かしは、明日の出立(しゅったつ)に差し支えるだろう。

「明日は早い。そろそろ寝ましょう」

「うん。……ありがとう俊耿。あたしの話、聞いてくれて」

同じく立ち上がった暁華に、ただうなずいた。少しでも彼女の気が晴れたなら、それでいい。

「私もここまで、長く誰かと会話をしたのははじめてです」

「そうなんだ」

共に二階へ続く階段を上がりながら、つい、そんなことを漏らしてしまう。部屋の前まで辿り着き、首を横に振った。

「また話す機会はある。もう休みなさい」

「わかった。お休みなさい、俊耿。また明日」

「お休み、暁華」

柔らかい声にだろうか。心から穏やかな顔となった暁華は、個室へと入っていく。扉が施錠されたことを確認してから、俊耿も自室へと戻った。

錠をして、牀褥（しょうじょく）へと横たわる。窓から見える光は藍色が深く、橙はまだ混じっていない。

毛織りの敷物をかけ、目を閉じる。

いつもなら胸を穿つ哀愁や焦燥でなかなか寝付けないのだが、今日は違った。

耳に残っている優しい曲笛の音（ね）。長々とした会話。心地いい疲労感が全身の力を抜けさせる。まどろみから熟睡まで、そう時間はかからない。夢すら見ずに深い眠りへとついた。

※　※　※

……ぴゅーい、ぴゅーい、と鳥が鳴く。

暁明鳥（ぎょうめいちょう）の鳴き声だと理解し、固く閉じた瞼を開けると外はもう、橙の光に満ちていた。

目をこすり、のろのろと牀褥（しょうじょく）から下りる。少し寝不足だが、気分はどこか晴れやかだ。

荷物置き場に設けられた水釜で顔などを洗い、髪を一本に縛る。素早く着替えて荷を持ち、錠を開けて外に出た。

「あっ。おはよう、俊耿」

ちょうどよく、暁華が隣の部屋から出てくる。彼女も身なりをすでに整えており、寝坊はしなかったようだ。

「おはようございます。泰然は？」

「部屋にはもういなかったよ。下にいるんじゃないかな」

「私たちも急ぎましょうか」

うなずく暁華を連れ、一階の広間へとおもむく。そこには誰かと話す泰然の姿があった。どうやら商人から酒を買っているようだ。かなりの数の壺を手にしている。

「おはよ、泰然。何してるの？」

「ああ、おはようさん。ま、手土産を持っていこうと思ってな」

「食料も必要でしょうか」

「あるに越したことはないだろうさ。お二人さん、餅や肉の料理を買ってきてくれ」

「どれくらい必要？」

「二十人分くらい」

暁華が大きくため息をついた。鈴(か)につけた袋を手にとり、銭を数えはじめる。

「私からも出しましょう。情報料を渋っていては何も得られはしません」

「馬、潰れちゃわないかな？」

「ある程度、手で持つ必要がありそうですね」

「オレは先に厩舎へ行ってる。用意ができたら出発だ」

泰然の言葉に、俊耿はうなずく。渋い顔付きとなる暁華をなだめ、食事処へと二人で向かった。まだ朝も早いためか、ほとんど人気(ひとけ)はない。

羊肉の塊、草餅、肉が入った包子などを大量に買い込む。早朝にもかかわらず、いやな顔一つせずに準備してくれるところは、さすが一流の邸店というところだろう。

支払いを済ませ、店員に手伝ってもらい、裏にある厩舎へと食料を持っていく。馬の様子を確かめる泰然の姿があった。

「凄い荷物になっちゃったね」

「お前さん方も持ってくれよ。さすがに全部積むとこいつが辛い」

「ええ」

布地で包まれた食事を携え、暁華と泰然と共に歩きだす。肉の塊はずっしりとしていたが、持てる範囲内だ。

邸店を出ると、朝支度をしている他店の様子が目に映る。少しずつ界隈も賑わってきており、屋台から朝飯の匂いが流れてきていた。

だが、南側――吊脚楼（ちょうきゃくろう）作りの家屋を過ぎた頃から人通りが変わる。河川は汚く、通行人も極端に少ない。

「どうしてこっちには人がいないの？　王邑（おうと）に続く砂漠があるんだよね」

「好んで危ない砂漠を渡る必要はないんだ。北の街道を回り道した方が安全だからな」

「侠客に会う、という人も少ないでしょう。火事やもめごとでは力になる彼らですが、いささか気性が激しい人間に関わろうとする旅人もいないはず」

「俊耿の言うとおりだ……そろそろだぞ」

泰然が顎で先を示す。風に混じって黄砂が周囲を包んでいた。川は途切れ、砂地には木造の小屋が点々としている。空を覆う光も薄い。

怪しまれない程度に辺りを見渡していたときだ。小屋の一つから、一人の男が出てきたのは。

黒い瞳に青の髻（もとどり）、緑の褶（うわぎ）と同じ色の袴が色鮮やかな男だった。男、というより青年に近いかもしれない。見た目は若かった。年の頃は二十歳（はたち）前というところだろう。

青年がこちらを見た。笑いもせず、どこかきつい顔立ちをそのままに。

「……誰？」

「しっ」

暁華の呟きに、泰然が口へ人差し指を当てた、瞬間。

「遅い！」

青年の叱咤（しった）が空気を裂く。言われたこちら側としては目をまたたかせる他なかった。

「全く、どれだけ僕が待ったと思ってるんだ。いや、今朝の天啓を読み取れなかった僕のせいでもあるけど」

「……失礼ですが」

と、俊耿が静かにたずねようとしたとき、青年が手を突き出して止める。

「君たち、僕に用があるんだろ」

「あ、じゃあ」

声を上げる暁華を睨み、青年は苦々しい顔付きでうなずく。

「そう。僕が仔静だ」

仔静と名乗った青年に連れられ、俊耿たちは小屋の一つ、砂漠に一番近い場所に建てられた家へと案内された。正確に言えば「ついてこい」と一人で先に行ってしまうものだから、慌てて追いかけただけなのだが。

家の中は広くもなく、整頓もされていなかった。そこら中に竹簡や巻物、書物の類いが散乱している。腰かけ程度の大きさの牀褥には毛氈がかけられていたが、ところどころにかびが生えていた。

「凄いとこ……」

「食料は外に出しておけ。仲間が食う」

立ち尽くす俊耿たちへ偉そうに命令しつつ、仔静はこともなげに牀褥へと座る。

「あんたは食べないのか？」

「酒少しでいい。包子があるならそれで」

泰然に目配せされた暁華が、包子を包んでいた布を机に置いた。泰然も同じく酒壺を下ろす。

俊耿は一度外に出て、木製の長椅子へと荷物を放置した。鳥に食われないか心配だが、言われたとおりにするのが賢明だろう。ついでに、馬に積んでいた酒壺も全て下に置いた。

どこからか人の気配がする。多分、侠客たちだ。だが彼らの姿は見えない。こちらを見張っているのか、それとも食事を狙っているのか、もしくは両方か。

ともかく今は仔静に話を聞くのが先だ。そう思い、家へ戻った。

目に飛び込んできたのは、包子をがっつく仔静の姿だ。礼儀も作法もあったものではない。よほど腹が空いていたのか、肉や野菜を口の周りにつけ、一心不乱に食べ続けている。

「食べ方も凄いね……」

暁華が唖然としていた。泰然も同様だ。

俊耿が扉を閉じると、仔静は壺を両手で持って、酒を勢いよく飲み干す。狭い室内に酒精の香りが充満した。

「あの、そろそろ話を聞いてほしいんだけど」

「うるさい。僕は最後の食事を楽しんでるんだ。それに時間はまだ少しある」

「最後だって？　そりゃどういう意味だ」

泰然の問いに、しかし仔静は答えず、数十個あった包子を全て平らげてしまった。酒の一滴までもを飲み尽くし、ようやく食事を終えた仔静が片足を組んだ。

「名前」

「え？」

「自分の名前だよ。順に名乗れ」

「……泰然」

「ぎょ、暁華」

「俊耿です」

名乗った俊耿たちを彼はねめつける。

「それぞれ炎駒の次期帝候補、金冥の公主にして虚ろ子、土鱗の呪痕士で間違いないな」

「えっ？　ほ、泰然？　帝候補？　何それ！」

「いや、お前さん、虚ろ子って……」

うろたえたのは暁華と泰然だ。当然、俊耿にも少しは驚きがあった。

「泰然、あなたが帝候補、ですか」

「いや……その、な」

「なんだ、君たちは自分の素性を隠していたのか」

悪びれた様子もない伃静に、泰然は観念したかのようにため息をついた。

「別に言う必要はないだろうよ。って暁華、お前さん、どうりで痕術使う素振りがなかったんだな」

「泰然こそ。次の帝候補なんてびっくりした……伃静はなんで知ってるの？　お互いに知り合い、とか？」

「いや、オレがこいつと出会ったのははじめてだ。あんた、なんで正体を知ってる」

「さてね。時間がない、次に進んでも？」

鋼のような硬い声音で問う泰然に、それでも伃静は疲れたように肩をすくめるだけだ。

俊耿はふむ、と一つ漏らし、顎に指を添えた。

「剣技会で優勝したものが次の帝に、という炎駒の国のしきたりは知っていましたが。そうですか、泰然。あなたが帝候補とは」

「オレのことはいい。それより、虚ろ子が、しかも公主が今も生きてる理由と、オレたちの正体を暴いた謎を聞きたいね」

「あのね、あたしにはちょっと理由が……」

「そこまでにしてくれないか。時間が惜しい」

手を叩き、注目を自分の方に向ける仔静はうんざりとした顔を作っている。

「さっきから時間、って言ってるけど。どうして？」

「簡単。僕は今日、死ぬからだよ」

「死ぬ……？」

淡々と述べられた事実に、俊耿は理解が追いつかない。泰然も暁華も同じのようだ。それすら意に介さず、仔静は頬杖をつく。

「とっとと本題に入ろうか。君たち、天啓とはどういうものだと思う？」

「……その名のごとく。天の真理を得ること、でしょうか」

「半分正解、半分は間違いだね。四ツ国での今の時代の天啓は、夜霧の思念を読み取る意味合いがある」

「夜霧の思念って、なんなの？」

「夜霧は生き物だ。少なくとも賢人の美玲様はそう悟った。ま、多分、天啓を得た賢人の大半は理解してるんじゃないかな。僕を含めてね」

「……賢人たちはどうして、その事実を告げないんだ？」

「夢魔に殺されるから」

あっさりと述べる仔静に、三人で顔を見合わせる。

俊耿を含め、他二人も困惑気味だ。当然とも言えるだろう。謎に包まれていた夜霧、その正体が生物だとは誰も思うはずがない。

疑問を顔に浮かべるこちらを、やはり仔静は無視して続ける。

「夢魔は夜霧の手先さ。夜霧には執念や怨嗟しかない。そんな存在がどうやって夢魔を生み出しているかはわからずじまいだけどね、僕には。ただ」

「ただ？」

固唾をのむ俊耿の問いに、彼は人差し指を一本、上げた。

「美玲様なら全てをご存じだろう。金冥の公主、君の捜し物たる『霊胎姫』も含めてね」

指された暁華は目をまたたかせる。

「あなたは『霊胎姫』のことを知らないの？」

「そこまでを読むことはできなかった」

「人により、降りる天啓に差がある……と考えてよろしいでしょうか」

「正直に言うね、呪痕士。そのとおり。僕は夜霧の正体、美玲様を探す君たち三人の姿と名前、素性……そして自分の死期しか読み取れなかったってわけだ」

「なるほどな。が、あんた、死ぬって言ってるわりにやけに達観し過ぎじゃないか？」

泰然が首を傾げれば、彼はいささか不機嫌なおもてとなる。

「自分の死期や死に様を唐突に、一般人の前で天啓にて降ろされた人間に残るものは、一体なんだと思う」

「わからん」

「絶望だよ。そして、周囲の不理解」

はじめて、仔静の顔に翳りが浮かんだ。だがそこにあるのは、絶望と呼ぶより失意に近いものがある、と俊耿は思う。

「美玲様と出会って、私塾に入って。学者になろうとした矢先に自分の死が浮かんだ」

耳を掻き、ふけを飛ばしながら仔静は言う。他人事のように、淡々とした口調で。

「泣きわめいた僕を、人は狂ったと考えた。でもさ、痛覚まではっきりしてるんだ。何度死んだかわからない。憔悴した僕を親も師も見捨てた。拾ってくれたのはここの侠客だけ」

「美玲は？　美玲に助けを求めなかったの？」

「運命ならば変えられる。さりとて天命は変えられず。美玲様のお言葉だ」

きっぱり言い放たれた声に、誰もが押し黙る。暁華や泰然は何も言わない。言えなかったのだろう。そう俊耿は推測した。

「辛気くさい顔なんざ見たくはないね。同情してるならそれもいらない。僕は君たちに事実を告げ、死ぬべきさだめだと、やっと受け止めることができたんだから」

「……おかしいよ、そんなの」

「何がだい、公主」

「死ぬとわかって全部を受け入れるなんて。諦めたのと同じじゃない」

「そのとおり。君は真理を突いた。だからこそ絶望なんだよ。どうもがいても、足掻いても行く先が決まっているなら、人は何もしないだろう……他の賢人たちのようにね」

不意に、仔静は笑った。自嘲気味な笑みだ。暁華が悔しそうに顔を背ける。

「夜霧が生き物。この事実を他言すれば、夢魔は確実にその天啓を得た、いや、思念を読んだ賢人を殺す。そうするように産まれたみたいだね、まるで」

「美玲も危ないだろ、それじゃあ」

「君が心配するのも無理はないね、次期帝候補」

「……あんた、本当にどこまで知ってる」

目を細める泰然に、しかし仔静は気にせず、己の背後を親指で指し示す。

「砂漠へ。シゴウ砂漠に行くんだ。そこに美玲様はいるはずだから」

「はず、では困るのですが」

「そう言うなよ、呪痕士。僕が最後に天啓を得たのは二の月前。移動していなかったら会えるだろうから」

「死なない方法もあったのでは？　夜霧のことを口に出さず、私たちの協力を……」

「突っぱねろって？　ま、それも一つの道だけど。正直隠居することも考えたよ。大多数がそうしているように。でも、気に食わない」

「気に食わないってのはどういう意味だ」

「蛮勇でも振るってやろうってことさ。これはちっぽけな僕が持てる、最低限の矜持(きょうじ)だ」

にやりと仔静は笑った。顔には恐れも怯えもない。清々しいほどまでに覚悟を決めた、腹を括ったものの表情だ。

「冷暗所に塩や水を用意してる。それを持って砂漠へ向かうことだね」

言って彼は立ち上がり、俊耿たちを退けるようにして家の扉を開ける。

あとを追った先、外にはいつの間にか男たちがいた。

三節棍や槍を手にしたもの、弓を持ったもの、様々だが、誰もが真面目な顔付きのまま仔静を出迎えた。仔静がまた笑みを浮かべる。

「馬鹿と酔狂もここに極まれり、だ」

「そう言うんじゃねえよ、仔静。この中邑を守るのは俺たちの仕事でもあらぁな」

一人が言うと、侠客と思しき男たちは屈託のない笑いを見せた。

「そういうわけで、君たちはとっとと準備をしてくれ。そろそろだから」

「そこまで言われて、はいそうします、なんて答えるオレたちだと思うか？　なあ、俊耿」

「ええ」

「あたしも。あたしも戦うよ」

こちらを振り返った仔静に各々が告げれば、彼は呆れたようにかぶりを振る。

その直後だ。一度閉じられようとした瞼が、瞬時に開かれたのは。

「……来る」

砂漠の方向から地鳴りが聞こえる。同時に奇妙な啼き声がした。動物のものではなく、銅を擦り合わせたような耳障りな声が。

俊耿は天を見た。光源士たちが作った橙の光、それよりも上に鎮座する夜霧がうごめいている。特に南の方角のものが顕著だ。

「夢魔は光に弱い、というのも嘘ですか」

「いや、本当。かなり弱体化されるはずだよ」

仔静の言葉にうなずき、地形を確認した。ここから中邑の中央まではかなり距離がある。周辺は岩壁と砂地で、木はほとんど育っていない。ならば、使える痕術は――とそこまで思案していたときだ。

「来たぞ！」

侠客の数人が声を上げた。

岩陰の向こうから響いた地鳴りは、夢魔となって姿を現す。巨大な虎の体と男性の顔、コウモリの翼を六つつけた存在として。

黄色の目には明確な殺意があった。夢魔は唸り、鋭い爪がある手で地面を何度も掻いている。

「暁華、お前さんは馬に荷物を積んでくれ。砂漠に行く準備をしておいて損はない」

「……わかった。俊耿、泰然、怪我しないでね」

「そりゃお相手次第ってとこだな」

密やかな会話を終えた暁華が、一歩、後ずさったその瞬間だった。

「弓隊、放て！」

夢魔の咆哮が空気を震わせると共に、隊列を作った侠客の数人が負けじと矢を放つ。しかし夢魔は、体に刺さったやじりに目もくれず、こちらへと突進してきた。

一歩が速い。弧を描くように跳んだ夢魔は、弓を構えていた集団を爪で薙（な）ぐ。血飛沫（ちしぶき）と絶叫。膂力（りょりょく）も強いのだろう、一度に五人がやられた。吹き飛ばされた五名は身動ぎもしない。

「五行相剋（ごぎょうそうこく）こそは火剋金（かこくきん）。なれど我が刀剣は金に非（あら）ず。五行相生（ごぎょうそうしょう）は火生土（かしょうど）！」

泰然の手の甲が輝く。痕術を発動させ、青龍刀に炎を生み出した彼が駆け出した。泰然に続くように、そこここで痕術の詠唱が上がる。

「散れっ、散開せよ！」

近寄る面々を見てか、ひゅっ、と夢魔が空気を吸う。次に口から放たれたのは、水だ。水鉄砲のように噴き出された飛沫は大量で、勢いに押し倒される男たちが悲鳴を上げた。

俊耿は暁華が馬をなだめつつ、食材を仔静の家から運んでいるのを確認したのち周囲の気を探る。

（ここ全体は土。夢魔は水）

相剋、すなわち滅ぼす関係ならば周りにある土を使うのがいい。そう考え、体にある全ての痕を眠りから起こした。

が、今必要なのは水でも火でもない。土の力だ。体中を駆け巡る熱い奔流、それを一点——頬の痕へと集中させる。

痕が浮かんだ頬に風が冷たく感じた。脳裏で土の竜を思い描く。岩のような肌と牙を持つ、屈強な竜を。

「土よ、姿をなして敵を滅ぼせ」

砂地と岩が大きな音を立てて複雑に絡み合い、一つの形となる。無骨で巨大な竜に。

竜が体をくねらせて夢魔と男たちの間に滑り込む。再び唸った夢魔が、今度は竜へと掴みかかった。

(光で弱体化されても、これか)

竜の岩肌を鋭い爪で剝がされるつど、痛みが直接心身を襲う。脂汗がにじみ出る。だが、ここで術を解くわけにはいかない。

泰然を中心とし、近接距離の武具を持った面々が連携して足を切りにかかる。それでも鋼の体毛に苦戦しているようだ。

「僕たちが隙を作る。その間に家の裏側から砂漠へ」

戦いの行方を見つめていた仔静が、一歩前に出た。

「……ですが」

「目的を見誤るなよ、呪痕士。ここで戦いを続けても体力を消耗するだけだ。砂漠は寒い。疲弊する前に美玲様の元へ行け」

確かに仔静の言うことは、正しい。

だが、ここで彼の死を、天命をそのまま受け止めてもいいものか、俊耿は迷う。覆えらないものだとわかっていても、心で納得できないことがある。

それでも仔静は俊耿の迷いを無視するように、冷静な声音で続けた。

「あの竜を土石流に変えろ。好機は一瞬だ。見逃すなよ」

仔静が走り出す。死に向かって。決して変えられないさだめを受け入れるように。

「夢魔よ、お前の狙いは僕だろう！」

怒号に、夢魔の黄色い瞳がこちらを見た。獲物を視認したそれは、にたりと笑う。これ以上なく醜悪に。悪意を持って。

「呪痕士！」

「解(ほど)け、流れよ！」

地面に着地した夢魔を囲うように竜を動かし、上から被せるがごとく一気に土くれに戻す。凄まじい砂煙が立ちのぼり、夢魔の体がはじめて揺らいだ。

「こちらへ、泰然っ！」

「くそっ」

宙に跳んだ泰然を呼び、俊耿は仔静の家へと向かって走る。馬はよほどの豪胆なのか、逃げ出す素振りも見せずに暁華の側に立っていた。

暁華が心配そうな面持ちで手招く。

「俊耿、泰然っ。準備できたよ！」

「走りなさい、砂漠へ」

「仔静は⁉」

「彼の意を迎えましょう。命を賭しての心を」

暁華が唇を噛みしめた、直後だ。

再び咆哮(ほうこう)が空気を裂いた。それでも振り返らない、振り返ってはならないと俊耿は思う。

転がるようにして駆け寄ってきた泰然に対し、首を横に振った。

「……今のうちってわけだな」

「でも、でも!」

「失礼」

涙声で叫ぶ暁華の手を摑んで、走り出す。泰然が馬の手綱を握り、後ろに続く。

家の周囲を回り、裏側から砂漠の入口へとがむしゃらに走った。

悲鳴、怒号、地響き――その中で、侠客が仔静の名を呼ぶ声が聞こえた。

俊耿はつい、横目で乱戦の中を見る。だめだと頭では理解しているのに、心は追いついてくれなかった。

視線の先には巨大な爪に腹部を貫かれ、痙攣しながら血反吐(ちへど)を吐く仔静の姿があった。

遠目でもわかるほどにどこか穏やかな、充足感に満ちた死に顔。

すぐに視線を戻し、歯を食いしばって岩壁を曲がる。

空は赤。危険を知らせる色となり、しかしそれも走る間に遠ざかってゆく。

胸を穿つどうしようもない感覚は、医者として患者を看取った際にも似ていた。

だが、今回のはそれよりひどい。今まで抱いていた感傷などちっぽけだと思えるほどに、仔静の死は無力感を植え付けた。

これがもし暁華なら。泰然なら。そう考えるのは、自分が弱いからなのだろうか。

無言でただ、走る。

しばらくして暁華のすすり泣きが聞こえた。彼女も仔静の死に様を見たからかもしれない。

砂漠に入り、なんの音もしなくなる。高台はなく、夜霧の暗闇だけが空を覆っていた。まるで各々の思いを体現しているかのように、重く、暗く。

第三章　砂漠と霊胎姫

古来、砂漠は昼は暑く、夜は寒いとされていた。だが陽のない現在——夜霧が空を制する今では昼夜問わず冷気が漂い、旅人の体力をむしばむ。

しかも高台も光源士も存在しないため、時間がわからない。周囲は一面、岩の谷に砂。感覚も狂うばかりでなく、精神的な疲弊も大きかった。

仔静の遺言でシゴウ砂漠に入り、何日が経過したのか。体感では三日ほどだ、と俊耿は焚き火を見つめながら思う。

火の元になっている枯れ木は、砂漠を歩いている途中に調達できた。だが問題は光源ではない。飲み水や塩、干し肉など最低限の食品が底を尽きはじめているのだ。

「美玲、いないね」

横にいる暁華が、沈黙に耐えかねたように呟く。対して泰然はここ最近、苛ついているような雰囲気をまとい、口数も少ない。

無言で青龍刀の手入れをしている泰然を見つつ、俊耿は天を確認した。

強いかがり火によって夢魔が現れる様子はないが、運がいいとしか言えないだろう。

二人に視線を戻し、小さく頭を振った。

「これ以上は命の危険もありえます。一度、砂漠を突っ切り邑へ走る方がいい」

「この先に邑はないはずだ。山の麓に出る。迂回して王邑に行くには食料が足りない」

泰然の声は硬く、冷ややかだ。暁華は膝に載せていた顔を上げ、彼を不安げに見つめる。

「泰然、なんか変だよ。どうしたの？」

「別に」

「でも……」

「それよりかこの状況を打破するのが先だろ。干の中邑に戻っても、もしかすれば騒ぎの元凶としてお尋ね者になってるかもしれないしな。だとしたら前進あるのみだ」

「……せめて目印でもあればいいのですが」

貴重な塩のかけらを舐め、俊耿は思案する。

美玲は女性だ。例え賢人とはいえ、たった一人で危険な砂漠に行くはずがない。仲間か弟子が付き従っていると考えるのが妥当だろう。

だが、誰かが野営した痕跡は今のところ見つかっていなかった。風に飛ばされ、砂に埋もれてしまったのかもしれない。足跡もなく、完全に迷子の状態だ。

「そもそも、ただ砂漠に行け、っていうのもおかしな話だよな。ここで暮らしているわけじゃあるまいし」

「暮らす……」

うんざりと赤毛を掻く泰然の言葉に、昔のことを思い出す。母である藍洙との会話を。

土鱗の国には地下——それこそ砂地の下にもう一つ宮があったらしい。土の気を変え、自在に操ることのできる水晶により作られた王宮が。それもまた、四ツ国との戦いの中で失われたと聞いている。

「……砂漠宮(さばくぐう)」

「えっ？」

呟けば、暁華が首を傾げた。

なぜ忘れていたのだろう。どうして今まで、思い出せなかったのだろう。母に殴られながら聞かされたためか。一瞬、藍洙の声すら脳内にはっきりとよみがえり、ぞっとする。

だが、忍び寄ってきた恐怖を打ち払い、俊耿は再び口を開いた。藍洙の言葉が妄言(もうげん)でなければ、まだ、先に進むすべはあるだろう。

「……土鱗の国には砂漠の宮があった、と聞き及んでいます。万が一、美玲が土鱗の国の技術を手にしていたならば、このシゴウ砂漠に住んでいてもおかしくはない」

一人うなずき、小物袋から羅針盤を取り出す。立ち上がって目をつむった。不可解な気配を探るために。

集中する。かがり火の爆(は)ぜる音も、風が唸る音も耳から少しずつ消えていく。無我となり、流沙の感覚に身を委(ゆだ)ねたそのときだ。

（土の気が異様に強い）

砂がとぐろを巻いているかのような気配を察知する。気の底には水の匂いまでもが感じ取れた。

目を開け、羅針盤を見た。ここより北西の位置にそれらはある。

こちらを見ていた暁華たちを振り返り、首肯した。

「北西側に異常な気配があります。遠くない」

「呪痕士(じゅこんし)ってのはそういうこともわかるのか」

「そんなの関係なくて、俊耿が凄いんだよ、泰然」

なぜか自分の手柄のように胸を張る暁華に、苦笑が浮かぶ。

「幸い、今は夢魔が出ていません。照明を作り、移動することにしましょう」

「……そうだな。じゃあ早いとこ、その砂漠宮とやらに向かうとするか」

「うんっ」

立ち上がったあと、二人の行動は素早い。

馬に軽くなった荷物を括(くく)り、三人用の竹の明かりを布と手持ちの油で作り上げる。

「はい、俊耿。火傷(やけど)しないようにしてね」

「ええ」

片手に照明、もう片方に羅針盤を持ち、それぞれの準備ができるまで待った。

「ここの火は消さないでおくぞ。少しでも光源はあった方がいいからな」

「私が先導します。ついてきて下さい」

暁華と泰然がうなずく。

摑み取った異様な感覚は、未だ俊耿の体に流れ込んできていた。歩いても大体、半刻くらいでつくだろう。先程まで体を休めていてよかった。

黄色と茶色、まだらになっている岩の渓谷を慎重に進む。先程までと違い、照明は少し心許ない。流沙に足をとられれば厄介だ。

後ろの二人を確認し、無言で先へと進む。土と水が混じり合う奇妙な感覚は、確実に近付いていた。

ふと聞こえた鳴き声に顔を上げれば、夜霧の下で、暁明鳥（ぎょうめいちょう）が群れをなして飛んでいるのが見える。やけに姿が多い。ここいらには木も生えず、水もないというのに。

「暁明鳥……たくさんいるね」

不気味に思ったのか、暁華がささやく。確かに鳥の住処にしては不思議だが、暁明鳥の生態を知らない身としては何も言えない。

ここから見える暁明鳥は、太めの金糸（きんし）のようだ。一列に並んで旋回する姿は美しい。見とれている場合ではない、と思い直し、俊耿は気を探ることに集中する。渓谷の奥、少しすぼまったところの土の気がひどく、全身にのしかかってくるようだ。

「あの狭いところがそうですね」

「でも、建物なんてないよ？」

「入口も見当たらないな」

二人の言葉に、周辺を灯火で照らしてみた。

気配は確かにそこからする。だが、他の砂地となんら変わりがない。建築物どころかそれらしい出入り場所も見当たらず、近くに行って確認しようと思ったのだが――

途端、地震がした。ひどく大きい地震で体が揺れ動く。

「きゃっ……」

「な、なんだ？」

砂が動いた。すり鉢状に渦を巻き、砂地全体が荒れ狂うようにして各々の足をとる。

普通一般の流沙ではない。地鳴りがするつど、砂は全身を絡めとる勢いでこちらへと襲いかかってくる。

「口と目を閉じて下さい！」

俊耿の咄嗟の叫びに、暁華と泰然が目をつむり、口元を押さえた。だがそのときにはもう、体の半分以上が砂地の下へと押し込まれてしまっている。

「俊耿……っ」

顔だけ残った暁華が、苦しげに名を呼んだ。小柄な彼女の元に行こうとしても、突然の流沙は重く、身動ぎもできない。

俊耿もまた、名を呼ぶ前に砂地へと引きずり込まれた。

暁明鳥の鳴き声――それすらも消えた瞬間。

「五行相乗たるは木乗土。満ち足りて萌えよ、しなやかに」

凜とした娘の声が、響いた。途端、何かに足を引っ張られる。栓を抜くように砂地から抜け出した。苦しかったのも一瞬だ。

何が起きたのかと思い、瞬時に辺りを見渡す。

浮いていた。自分ももちろんだが、暁華も泰然も、そして馬も、緑豊かな大樹の梢に乗っかっていたのだ。足に絡んでいたのは木の蔓(つる)。

俊耿は思わず天を見上げた。円形の天井は早々と左右から閉じられていく。中央の隙間から多少の塵が落ちたが、先程体験した砂の動きは完全に封じられていた。

「これは……」

「無礼を失礼しますわね、皆々様」

下からまた声がする。と、共に蔓がうごめき、体を捕らえて地面の方へ運びはじめた。横を見れば、暁華も泰然も同じようにされている。

それぞれの足が地につくと、蔓は役目を終えたとばかりに大樹の幹へ戻っていった。

「ここが……砂漠宮なの？」

「だと思いますが」

巨大な広場と思しき場所には数十名の男女がおり、俊耿たちを囲んでいる。手には武器を持つも、敵意や悪意は感じられない。

「皆々様、ようこそおいで下さいました」

男女が頭を下げ、波を割るように道を作った。その先にいたのは一人の女性だ。

台座に載った水晶に手をかざし、こちらを見つめる娘。黒い髻(もとどり)に大きな青の瞳が特徴の彼女こそ、間違いない。

「……美玲」

泰然の呟きに、娘、美玲はどこか悲しげに微笑んだ。

彼女、美玲は菊の刺繡が施された白い裳を引きずりながら、静かにこちらへと近付いてくる。

「暁華様、俊耿様、そして泰然様。不躾な呼び立てをお許し下さいませ。最近どうにも夢魔が多く、このような手段しかありませんでしたの」

「そんなのはどうでもいい」

唾を吐く勢いで言い放ったのは、泰然だ。彼は苦々しいおもてで一歩を踏み出し、近寄る美玲を見下ろした。

「お前さん、伃静を見殺しにしたな」

「……彼は立派でした。少なくともこのわたくしより、遙かに」

「だろうな。逃げ隠れして真実を話さないお前さんたちよりか、あいつはよっぽど勇敢だ」

「ちょ、ちょっと泰然。それは言い過ぎ……」

「何が言い過ぎ、だ。ここに連れてきてやれば伃静は死なずに済んだはずだろ」

暁華のとりなしをせせら笑う泰然の様子に、俊耿は悟る。

彼がここ最近不機嫌だったのは、美玲に対して――いや、きっと全ての賢人に対して怒りを覚えていたからなのだろうと。

だが、美玲は凜然とした面持ちで首を振る。

「それはできませんでしたの。彼には彼の、そしてわたくしにはわたくしの役割がありま
す」

「人の命を軽んじる役目でも背負ったか」

一瞬、美玲の青い瞳が揺らいだのを俊耿は見た。しかしすぐに、彼女は強気な様子で眉
をつり上げる。

「言いたいことはそれだけですの？」

「……変わったな、美玲」

どこか、諦観の念を込めて泰然はため息をつく。それに答えず、美玲が再び微笑んだ。

「暁華様、俊耿様。お疲れでしょう。ここで旅の疲れを癒やして下さいませ」

「ま、待って。美玲……あたし、あなたを探しにきたの。それに」

「『霊胎姫』、のことですわね」

柔らかい声音に、暁華はうなずいた。

「それや夜霧のこと、話したいことはたくさんございます。ですがまずはお休みになって。

疲れていては頭も回らないはずですの」

「でも……」

「時間はございます、大丈夫。恩、皆々様を部屋に案内してあげて下さいまし」

「わかりました、美玲様」

むすっとした顔の少年が、男女の列から飛び出してくる。そばかすが特徴的な少年だ。

恩とはきっと、彼の名なのだろう。

「馬はこっちで預かる。食ったりはしない。さ、おれについてきて」

「う、うん」

「……行きましょう、泰然」

俊耿は、目を閉じていた泰然を呼ぶ。わざとらしく嘆息した彼は、それ以上美玲に何かを言うでもなく、瞼を開けて歩きはじめた。

残った住民たちは美玲の側におもむき、何かを話し合っているようだが、その内容までは聞きとれない。

石が敷き詰められた広い通路を、恩を先頭にして進む。

「ここ、地下なのに凄い綺麗なところだね」

「ええ。それに広い……」

周囲を見渡す暁華に釣られ、俊耿も同じく辺りを確認してみた。

天井は瓦ではなく、蛇にも似た形をした石の列でできている。そこら中に獣脂の松明があり、石がその光を下に反射させていた。

回りの建物は円楼作りだ。窓がない代わりに、はみ出した露台には洗濯物などが干されている。先程まで自分たちがいたところは中庭のような場所だと感じた。基本、建物の中枢に作られる祠堂が視線の先にはある。

「あそこで天乃四霊を奉っているのですか」

「知らない。子どもは入れないんだ」

恩はそっけない。確かに見た目は十歳程度か、もしくはそれを少し過ぎた頃だろうか。十五で成人とする四ツ国だ。この砂漠宮でもそこは変わらないらしい。

「あなたはここで産まれたの？」

「……端水（たんずい）で。夢魔に母ちゃんと父ちゃんが殺されて、美玲様が助けてくれた。ここに住むみんなはそういう感じ。百人はいる」

ちらりと、恩がこちらを振り返った。視線は黙ったままの泰然に注がれている。

「なんだ」

「お前、美玲様のこと知らないのにあんなひどいこと言ったな。嫌いだ」

「知らないがきに好かれたくないね。それにオレは本当のことを言ったまでだ」

「泰然」

俊耿は止めた。泰然も恩もまた、黙る。

泰然は美玲を探している、と言った。理由は定かではないが。彼女に恨みでもあったのか、それとも何か別のものがあるのか、そこまではわからない。

ただ、「変わったな」という言葉から、彼が美玲と既知の仲であることは理解できる。

（ともかく今は体を休めたい）

思考を一旦放棄する。

気を探ったときの疲労感、今まで累積されていた疲れがどっと押し寄せてきていた。天井からまんべんなく反射している光を見る限り、そしてここが地下である限り、夢魔に襲われる心配はないだろう。

「ここだ、部屋。三階が寝る場所」

四半刻で空き部屋らしき場所につく。扉はどこから調達したのか、木でできていた。

「厠は井戸の近く。さっき通ったとこ。体を拭きたいなら井戸で。中に布もあるから。食事は他の人が知らせにくると思う」

「わかった。ありがとうね」

「美玲様の言いつけだから」

暁華の柔らかい声にだろう、恩は少しだけ照れたように答え、今来た道を駆け足で戻っていった。

「オレは右側の部屋を借りる」

言うが早いか、泰然はさっさと部屋の中へ入ってしまう。残された俊耿は、暗い面持ちの暁華を見た。

「私は泰然の隣を借ります」

「……うん。泰然、大丈夫かな？　すっごく怒ってたし、あんな顔見たことないし」

「疲れや空腹もあるのでしょう。あなたも無理をしないで早めに休みなさい」

「そうするね。寝られるかわからないけど」

苦笑を浮かべ、暁華もあてがわれた部屋へ入っていく。俊耿は大きく呼気を吐いたのち、全身の気怠さを振り切って歩いた。

一階には食堂と思われる石造りの椅子や机、庖厨(ほうちゅう)があった。二階は倉庫のような場所だ。

手にしていた私物を適当に置き、三階へと進む。

簡素な牀褥(しょうじょく)と薄い毛氈(もうせん)が部屋の隅に用意されていた。あとは鏡と棚。棚の上には体を拭くための大きな布きれが畳まれて置かれている。

靴を脱ぎ、牀褥(しょうじょく)へ倒れ込む。砂漠とは異なり、冷気はない。少し暖かいくらいだ。

天井を仰ぎ、額に手をやった。瞼を閉じずとも、まどろみが少しずつ全身を包んでくる。

（三人の旅もここで終わるか）

　ふと、思う。

『霊胎姫』と夜霧の謎。泰然と美玲の関係。知りたいことはたくさんあった。それでも精神的な重圧と肉体の疲労が、考えることを許してはくれない。

頭が重い。土の匂いと静かな空間に、自然と目を閉じる。

気付かぬ間に眠りについた。夢すら見ないほどに。思考を停止させたままで。

……一体どの程度眠っていたのだろうか。扉を数回叩く音がして、俊耿は目覚めた。

「起きてるかな、旅人さん。美玲様が呼んでいるよ」

聞き覚えのない男性の声だ。体を起こし、扉に向かって返答する。

「今、目覚めました」

「そうかい。着替えを二階に置いといたよ。ゆっくりでいいから準備を整えてくれるかな。

体を拭く場所はわかるかい？」

「ええ」

「じゃあとでまた、呼びに来るよ」

足音が遠ざかっていくことを確認し、牀褥（しょうじょく）から立ち上がる。靴を履き直し、近くの鏡で自分の顔色を確認してみた。睡眠をたっぷりとれたおかげで、血色はいい。空腹も覚えている。続いて、露台の方にも出てみた。

光源師はいないのか、代わりに松明の光が弱くなっている。夕方を示しているのだろう。

隣の部屋——暁華のいる部屋でどたばたと騒がしい音がするが、何かあったのか。

思い当たる節はなく、ともかくも、と支度をはじめる。扉を開けて二階に降りると、私物の横の棚に簡素な衣が用意されていた。

衣と布きれを持ち、一階から外に出る。するとちょうど、不機嫌な顔の泰然と出くわした。

「泰然、少しは休めましたか」

「……ああ。あんたも顔色、よくなったみたいだな」

「それならいいのですが」

「人を気遣うなんて、どうした。珍しい」

目をすがめてくる泰然の言葉に、多少棘（とげ）があるような気がして、黙る。それを見てだろう、泰然は肩をすくめてみせた。

「ま、いいさ。今から体を拭きに行くんだろ？　暁華は？」

「起きたあとはまだ見かけていませんが、部屋の方が少々騒がしかったですね。何があったのやら」

「ここじゃきっと盗っ人も出ないだろ。オレたちはともかく、美玲へ会いに行く準備でもしようや」

俊耿はうなずき、泰然と共に井戸の方へと足を運んだ。途中辺りを見渡すも、人の気配はない。全員、広場の方にいるのだろうか。

到着した場所にある井戸は掘り抜きで、水がなみなみとあった。水脈が近いのかと思い、中を興味本位で覗いてみる。透明な水の底には、大きな藍色の鉱石が輝いていた。

「なんだありゃ？」

「水呼鉱、でしょうね」

「水呼鉱？　なんか意味ある石か」

「土鱗の国から持ち出された、とされる道具の一つです。ほぼ無限に清らかな水をわかせるとか。私も現物を見るのははじめてですが」

「詳しいな、俊耿」

服を脱ぎつつ、泰然は感心した声を上げた。筋肉が程よくついた体には無数の傷がある。

「それも学者として知ったことか？」

「いえ……母が土鱗の国の人間でしたので。おとぎ話の代わりに聞かされていたと言いますか」

語尾を濁しつつ、俊耿は近くにあった桶で水をすくう。減った水かさはすぐに元へ戻った。

桶に布をつけ、体を浄めはじめた泰然が難しい顔を作る。

「よく今まで無事に生きてこられたもんだ。ずっと呪痕士のことを隠して、国々を回ってたのか？　暁華と知り合ったのも金冥でか」

「……そうですね」

そろそろ泰然にも、自分のことを話してもいいだろう。俊耿は思案ののち、体を拭きつつ今までの生い立ちを語る。

金冥で産まれ、隔離されていたこと。暁華と知り合い、その後追放されたことなどを、簡潔に。

「大変だったんだな」

ぽつりとささやかれ、思わず首を横に振る。

「それは私に言う言葉でしょうか」

「どういう意味だ？」

「本当は、美玲にそれを言いたかったのでは？」

一瞬、空気が張り詰めた。すぐに泰然のため息で緊張も解かれたが。

「なんでそう思う」

「あなたと美玲が知り合い同士だ、ということはもうわかっていますから。危険を冒してまで彼女を探していたのなら、何か伝えたいことがあったはず」

「いやなところを突くな、あんたは」

背を向け、下衣を脱ぎはじめた泰然の声に張りはない。同じく背中合わせになり、俊耿も下腹部をぬぐうため袴を降ろした。

「オレと美玲は幼なじみだった」

少しの間を置き、泰然が話しはじめる。

「あいつが教師でな、オレの。オレが七歳のときだ。美玲は十歳。数年、色々教わったさ。あいつのことが好きで、将来結婚しようって言ってたもんだ、いつも」

「彼女は、なんと？」

「何も。ただ笑うだけだった。忽然と姿を消して、それきり。オレは剣技会で優勝して、一年の猶予をもらって旅に出たんだ。なんで消えたのか、オレから逃げたのか聞くために」

小声で話す泰然に、俊耿は何も言えなかった。ただ、推測できることならばある。

美玲はそのとき、泰然と出会ったときからすでに天啓を得ていたのではないか。

夜霧の思念を読む、ということが天啓だと伃静は言った。だとするなら、彼を巻き込まないために、美玲は泰然の元から去ったのではないかと。

「あいつは変わった。人をはべらせるような……他人の命を犠牲に生きていくような女じゃなかったんだがな」

「そうしてでも、なさねばならない事柄があったのかもしれません。あなたを巻き込みたくなかったとも考えられます」

「だとするなら美玲はオレを甘く見てる。オレはそんなに頼りないか、俊耿」

「いいえ。あなたには何度も救われた」

着替えを終えた俊耿は本音を漏らす。泰然がいなければ、暁華と二人でここまで旅をすることはできなかっただろう。緩和剤のような役割に、いつも彼はなってくれていた。

自分と同じく、ゆったりとした黒い袍と膨らみのある白の袴を着た泰然が、こちらを見て片方の唇をつり上げる。

「あんたらはどうなんだ？」

「どう、とは？」

「暁華のこと、まだやかましいだけだと思ってるのかってさ。邸店じゃ随分仲よさげに話してただろ」

「立ち聞きしていたのですか」

「いや。いい雰囲気だったから、小便してすぐ寝た」

「……昔の話などをしていただけです。それだけのことですよ」

いい雰囲気、と言われて思わず苦笑が浮かんだ。泰然がなぜか大袈裟に肩を落とす。

「暁華も大変だな、こりゃ」

「彼女が大変なのですか？」

なぜだろう、と俊耿は首を傾げた。泰然の大きい手が肩を無遠慮に叩く。

「いつかはわかる。多分」

「はあ」

曖昧な返事をし、残った水を水路と思しき場所へ捨てた。今まで着ていた服を手に、二人で元いた部屋へ戻ろうと小道を進んでいたとき、多少小太りの男が手を振っているのが見える。

「旅人さん、準備はできたかい。美玲様の元に案内するよ」

「ちょっと待ってくれ、服を部屋に置いておきたい」

「二階に置いといていいよ。あとで洗濯するから」

「わかりました」

男は向かって右側の通路で、自分たちを待っている。横にいる泰然が小さな笑いを漏らした。

「至れり尽くせり、だな」

「厚意は受け取っておきましょう」

言って、各々もう一度部屋に入る。男が言ってくれたとおり、汚れや汗で臭いがする服は棚へ畳んで置いた。

外に出ると、男は人好きのする笑みを浮かべ、俊耿と出てきた泰然を手招いている。

だがそこに暁華の姿はない。不審に思い、辺りを見渡してしまう。部屋からはなんの物音もしなかった。

「どうした、俊耿」

「……いえ」

「ああ、もう一人のお嬢さんはね、先に行ってるから。さ、ついてきてくれ」

「ん」

うなずいた泰然より、一歩遅れて俊耿も歩き出す。

いつも隣ではしゃぐ暁華の声が聞こえないことが、なぜかとても落ち着かなくてたまらなかった。

※　※　※

円形に作られている砂漠宮は、広い。ある程度整備された道を歩いていけば、そこら中に背の低い木々や花が植えられているだけでなく、畑までもがあるのが見えた。光がなくとも咲く花に、成長を遂げる木。丸々と育った根菜を目にするうちに、俊耿は理解する。

これらは全て、土鱗の国より四ツ国が奪った道具から作られているものなのだと。

土鱗から略奪された道具は様々だ。それは各国に散らばり、今や当然のように四ツ国で使われている。中には商人が用途も知らず、見た目の麗しさだけで買い取ったものもあるはずだった。

井戸にあった水呼鉱だけでなく、広場で美玲が手をかざしていた水晶。あれもなんらかの――例えば五行の力を強めるものだと思えば、大樹を自然に操るという芸当にも納得がいく。

一人感心する俊耿をよそに、泰然は周囲を見渡しながらゆったりと歩き続けていた。

は炎駒の王宮もまあ広いが、ここもなかなかのもんだな」

「そうだろ？　ここは美玲様が六年かけて、みんなと作り上げてきた場所なんだよ。最初はほとんど何もなかったけどね、助け合ってここまでのものに仕上げたよ」

男はふくよかな頬を上げ、笑う。

泰然の隣にいた俊耿は、泰然が小さく「六年か」と寂しそうに呟いたのを聞き逃さなかった。

万感の思いがあるだろう言葉に、何も言わない。彼と美玲の問題だ。口を出すのは野暮というものだろう。

しばらく無言で歩く。若干生温い風が、どこからか入り込んで肌を撫でた。特有の土臭さも気持ちを落ち着かせるには充分だ。

進むことほどなくして、ようやく人気のある場所へと出た。

生活感のある空間だ。子どもたちがはしゃぎ回り、手におもちゃを持って楽しそうに声を上げている。大人は畑仕事や機織りに精を出し、せわしそうに勤労に務めていた。

誰もこちらを気にとどめない。居心地のいい場所だ、と俊耿は感じる。あるいは、もしかすればここが安寧の地なのかもしれないとも。

ここ最近は感じていなかった、郷愁。そんなものが頭をもたげて、心の中にざわめきを呼び起こす。

だが、自分が呪痕士であることは知られているのだろうか。決心するにはまだ、早い。

思いを巡らせているうちに男が立ち止まる。目線の先には弧型の、掘り抜きのような洞窟があった。

「この奥に美玲様はいるよ。まっすぐ進んだら部屋があるから」

「あいよ。道案内、ありがとさん」

「どういたしまして」

男は笑みを絶やさぬまま、役割は終えたとばかりに今来た道を戻っていく。

「中は明るいな。行くか、俊耿」

「ええ」

男二人が横並びに歩いても、掘り抜きの中は幅に余裕がある。左右に飾られた松明が、煌々と周囲を照らしていた。

少し進んだ先、一番奥には木でできた扉だ。とりたてて飾り気はなく、両開き造りのものだった。

暁華がすでに中にいるのかとも思うが、なんの音すらも聞こえてはこない。

泰然が先に歩み出て戸を叩く。「どうぞ」というくぐもった返答は美玲のものだ。そのまま彼は、やすやすと扉を開けた。

瞬間、よりまぶしい光に俊耿は目を細める。

「お待ちしておりました、お二人とも」

部屋の中央、円卓の奥に腰かけていたのはまぎれもなく、美玲だ。

中は広い。松明だけでなく蠟燭、蜜蠟などの光源が揃えられている。周囲には竹簡や本を収める棚、乾燥させた木の根や薬草の類いまでもが備えられていた。

円卓の側には天蓋つきの牀褥（しょうじょく）があり、毛の織物が几帳面（きちょうめん）に畳まれている。

「どうぞ座って下さいまし」

ここは美玲の部屋なのだろうと推測したものの、暁華の姿がないことが疑問だった。それを見越してか、美玲がこちらを見て微笑む。

「暁華様はのちほど来るかと。お茶を入れてありますので、席に」

美玲に言われれば、果物のような匂いが漂っていることにも気付く。円卓の上にはそれぞれ四つ、白茶が湯気を漂わせていた。

泰然は無言で、空いた席の一つに腰かける。それと対面する形で、俊耿も座った。

「暁華はちゃんと来るんだろうな」

「はい。少し準備に手間取っているのかと。女性の支度には時間が必要ですわ、泰然様」

「……様はいい」

ぶっきらぼうな声音に、美玲は何も言わず白茶を飲むだけだ。

俊耿は棚から美玲へ視線をやり、たずねる。

「ここには土鱗の道具がたくさんあるようですね」

「六年かけて集めたものですの。両親が商人でしたもので、道具に関する情報網は耳に入ってきますわ。使い方は古文書を見つっ」

「古文書？　焚書された古文書がまだ、残っていたのですか」

「確かにほとんどは焼かれてしまいましたが、商人の手に渡ったものも少しはございますの。読み解くには苦労しましたけれど」

「お前さんでもか。意外だな」

嫌味ではなく疑問をこり固めたかのような問いに、美玲は小首を傾げてみせた。

「どういう意味ですの？」

「お前さん、二歳の頃には王宮の公文書も読めたって言ってただろ。難しい文字もお手の物だと思ったんだけどな」

「……土鱗の文字は少し、違うものですから」

「違う？」

「それは……」

俊耿の声に美玲が静かに器を置いた、そのときだ。扉が再度、叩かれたのは。

「暁華様をお連れしました」

知らない女性の声が響く。

「どうぞ、お入りに」

美玲の返答に、扉が片方だけ開いた。だが、暁華はなかなか姿を現さない。「変だよ」とか「でも」とか、小さな声が聞こえる。

「何してんだ、おい」

「さて」

扉を凝視する視線に耐えかねたのだろう。それとも単純に諦めたのか。扉の影からそっと入ってくる女人がいた。

艶やかな黒い髻は、左右で三つ編みに結い上げられ、残った部分が二つに下ろされている。シャクヤクの刺繍が入った上衣は薄紫。生成り色の背子に目立つのは翡翠の首飾りだ。金糸で蔦模様が描かれた桔梗色の裳は長く、灰青の紕帯が前垂れとなって腰に巻かれていた。

土埃にまみれていた顔や髪を洗い、大人びた化粧をなされ、様変わりしたのは――

「……暁華、か？」

「じ、じろじろ見ないでよ、泰然」

誰でもなく暁華だった。彼女は頬を朱に染めつつ、視線を彷徨わせている。

彼女は泰然がたずね、俊耿すら思わず目を見開いてしまうほどに、変わった。

今までの彼女がさなぎだとすれば、それこそ蝶のように麗しい。

艶美そのものが形になったかのような暁華に、俊耿は見とれた。見とれ、惚(ほう)けてしまうほどの魅力が今の彼女にはある。

確かに美玲も、暁華に劣らずの美女だ。それでもなぜか、俊耿は暁華だけに目を惹かれてやまない。

「あ、俊耿」

彼女がふんわりと笑む。途端、心臓を掴まれたような気持ちになる。動悸(どうき)がひどく、早鐘のごとく脈を打つ。

「お似合いですわ、暁華様」

戸惑う俊耿をよそに、美玲が鈴のような笑い声を上げた。暁華は唇を尖らせる。

「別に、こんな格好させなくてもいいじゃない……動きづらいし」

「慣れますわ、すぐに。さあ、どうぞこちらへ」

そっと席に座る暁華には、いつものおてんばな様は見受けられない。それがまた、たおやかさに拍車をかけている。

「紅翼(こうよく)、食事の方をお願いしますわね」

「わかりました、美玲様」

外にいる女性――紅翼はそれだけを言い残し、扉を閉めていった。

「……何から話せばいいのか迷いますの」

白茶のかぐわしい香りが漂う空間で、沈黙を破ったのは美玲だ。

彼女は立ち上がり、後ろの棚から一冊の本を取り出して円卓に置いた。

俊耿は動悸を抑え、革でできた表紙の本へと目を向ける。随分と古そうな本だ。一般のものと文字すら違う。

だが、文字の形にどこか見覚えがあるような気がして、美玲の方へと視線をやった。

「これが古文書でしょうか」

「はい。土鱗の国の本。その中でも特に古いはずのものですの」

「そんなものまで読めるんだ？」

「今でもつまずくことはございますが、あらかた」

椅子に腰かけ、美玲は本に手を置いた。青い目を閉じ、何かを考えている顔付きとなる。

「結論から申し上げますわね」

彼女が息を吐く。瞼を開き、真向かいにいる暁華を真摯な面持ちで見つめた。

「あなたが探していた『霊胎姫』。それは、あなた自身のことですわ、暁華様」

「……え？」

何を言われたのかわからない——とばかりに、暁華は眉を寄せる。

沈黙がまた、降りた。乾いた笑いを暁華が上げ、机の端を指先で叩く。

「や、やだ。美玲、何言ってるの？　あたしは虚ろ子だよ？　なんの力もないよ？」

「虚ろ子だからこそ、『霊胎姫』なのですわ」

「……どういうこった。いや、そもそも『霊胎姫』っていうもんは何を示してるんだ？」

難しい顔で腕を組み、泰然が問う。俊耿もうなずいた。

「ここを見て下さいませ」

中央にある本を開き、美玲が数枚目を指し示す。

そこには一つの画があった。一人の女人が地で踊っている水墨画だ。女人の周囲に描かれているのは、青龍、白虎、朱雀、玄武——すなわち天乃四霊。

上の項目に、何やら文字のようなものが記されている。やはり俊耿には見覚えがあった。

母、藍洙が狂乱する中、禁忌の宮に爪で書いていたものと同じだ。幼いときはただのひっかき傷だとしか思えなかったそれに、何かの意味があることをはじめて知った。

美玲が俊耿たちの様子を眺め、続ける。

「最も古い歴史を持つ土鱗の国を中心に、四ツ国は少しずつ形になっていきましたの。土鱗の国内で争いがあり、追放されたものたちが金冥などのいしずえを築いていったと。彼らは天乃四霊を呼び、守護神として奉ることで痕を得た。そして痕術が誕生したのですわ……今から五百年以上も前のことだそうですの」

「じゃあ土鱗の連中が呪痕士だ、ってのはなんなんだ？」

「土鱗の古代人は、痕に頼らない力を持っていたと聞いたことがあります。すなわち、別の力を操ることのできる存在。呪痕士とは四ツ国の人間が名付けただけ、ということでしょうか」

「そのとおりですわ、俊耿様。土鱗の人間は、中央大陸から移住してきた、との記述もありましたの。大陸にはわたくしたちの知らない術や道具が、まだまだありそうですわね」

目を輝かせる美玲をよそに、うつむいている暁華がそのまま、ぽつりと呟く。

「それと『霊胎姫』になんの関係があるわけ？」

「失礼しましたわ。四ツ国の最初の指導者となった四名は、一人の娘を依代として天乃四霊を降ろしたのです。それこそすなわち『霊胎姫』」

一つ咳払いをし、美玲は指で字をなぞりながら唇を開いた。

「暁華様、ここの箇所が読めますでしょうか？」

「……」

暁華が静かに顔を上げる。

戸惑いの光に満ちた瞳が、美玲の指先を追っていることに俊耿は気付いた。

「『天乃四霊は虚ろを好む。虚空より来訪せし天乃四霊、寄る辺とすべきは虚ろなるもの。娘は宿す。五行全てと天乃四霊を。我ら四名、娘を『霊胎姫』と命名す』……」

暁華のささやきが、また銘々に沈黙をもたらした。

俊耿は驚きのあまりに声が出せない。どう見ても現在の四ツ国では使われていない、土鱗の血を引く自分にもわからない文字を、彼女があっさりと読んでみせた事実に。

本人も困惑しているのだろう。暁華は眉尻を下げてあからさまにうろたえた。

「あ、あたし……なんで読めるの？　この文字……」

「この文字を読めることこそ、あなたが『霊胎姫』である証拠。虚ろ子の中でも選ばれしものの証なのですわ。わたくしたちのように読み解くのではなく……頭の中で、言語を理解できたのでは？」

「そ、れは」

図星を突かれたのだろう。暁華の顔は今にも泣きだしそうなほどに歪（ゆが）んでいる。

「選ばれたって、別に、あたしじゃなくても……探せば他にもきっと、虚ろ子はいるし」

「確かにここ、砂漠宮の中にも虚ろ子はおりますわ。皆様を案内した彼、恩もそうですの」

「あの子も？」

「はい。ですが、彼は読めない。なぜなら」

美玲がまた、本の別の箇所を指でなぞった。

「『霊胎姫は虚ろであれ。娘であれ。春秋（しゅんじゅう）は乙女子（おとめご）の頃であれ……天乃四霊の寵愛を受けるにふさわしいはその三つ』」

今度は美玲が口述する。だが、暁華のときと比べると、非常にたどたどしい。

本から指先を離し、美玲は暁華を見つめる。

「虚ろ子。女子。年の頃は十五過ぎ……それに全部当てはまるのは、暁華様。あなただけ」

「そ、そんなの……四ツ国を探してみないとわからないでしょ？」

「虚ろ子は、十（とお）の頃に死罪」

不意に俊耿は呟いていた。

「きっと金冥の賢人は、この事実を天啓で得ていた……」

わせながら。

暁華が微かに、小さな声で「あ」とささやく。混乱した様子で、視線をあちこちに彷徨(さまよ)

「金冥に、夢魔が多く出てた。まさかそれも」

「おっしゃるとおりですの。仔静のように、金冥の賢人を狙っていたのだとすると」

「全ての辻褄(つじつま)が合う、か」

机に肘を乗せ、嘆息したのは泰然だ。泰然の言葉に、暁華はまたうつむいた。

「『霊胎姫』が暁華だってことはさておいてだ。『霊胎姫』には一体、何ができる？」

「わたくしが読み解いた部分では、天乃四霊を再びこの世へ呼び起こせる……と。現在、忌(い)むべきものとして虚ろ子は周知されてますけれど、歴史が正しく伝わっていなかった
……そういうことになりますわね」

「天乃四霊を呼ぶことで、何が得られるのでしょう」

「仔静が皆々様に教えたとは思いますけれど、夜霧は混沌とした、天と理に背いた生き物。一方、天乃四霊は万物を正しく律することができる存在。すなわち相剋の関係……簡潔に言えば、夜霧を滅ぼせるものと解釈できますわ」

「天乃四霊により、四ツ国を囲う夜霧を排除できる……」

俊耿の確認に美玲は小さくうなずき、泰然はまた、椅子の背もたれに身を預ける。

とんでもない話だ、と俊耿はかぶりを振った。

二百年、四ツ国を包んできた牢獄。ありとあらゆる痕術でも、学者の知恵でも、決して

破ることができなかった夜霧を排することが可能だとは。しかもその鍵となる存在が暁華だと、誰が思っただろう。

「美玲。あなたは『霊胎姫』に何を望んでいるのですか」

「このまま夜霧が世を包んでいれば、今まで以上の強い夢魔によって、わたくしたちはいずれ滅亡してしまう危惧がありますの。実際、強力な夢魔がそれぞれに出ているとの情報も入っていますわ。夜霧から産まれた存在は、恨みと憎しみに満ちておりますので」

「夢魔を産む夜霧は、生き物だって仔静の話だが。何からできてる？」

「そこが重要な部分ですの。夜霧はわたくしが考えうるに……」

「得をする」

会話を遮り、ぼそりとささやいたのは、うつむいたままの暁華だった。

「あたしを生かしておけば金冥に幸を運ぶ。得をする。秀英はそう言ったよ。兄様にも、そう告げたって聞いた。それってあたしが『霊胎姫』だから？」

「……こう言っちゃなんだが、お前さんは公主だ。その立場にある人間が夜霧を消してみろ。他の国は金冥を救世の存在だともてはやすだろうさ」

「いらない子だって、捨てたのに」

声が震えている。置いた拳で机を叩き、彼女は勢いよく立ち上がった。憤怒で顔を染めながら。茶が揺れ、机に飛沫がかかる。

「そのため⁉　そんなもののためにあたしは生かされてきたの？」

「暁華様」

「国のことなんて知らない。天乃四霊を呼ぶやり方だってわかんない！　ふざけないで。四ツ国がどうなろうとあたしの知ったことじゃないっ！」

獣さながらの咆哮だった。怒りのままに叫んだ暁華は、もう一度机を強く殴打する。

「勝手だよ！　みんな、知らないっ！」

「おい、待てっ」

「泰然様……」

脱兎のごとく駆け出し、部屋から飛び出した暁華を追おうと、泰然が立つ。押しとどめたのは凛然としたままの美玲だ。

「いいのか、ほっといて」

「すぐに受け入れられないこともあると思いますの。特に暁華様は公主でありながら虚ろ子、という立場だったのですわ。苦しい経験もしたことでしょう」

「……そうだな。あいつがどんな目に遭ってきたかは、想像しても怖いもんだよ」

俊耿は二人の会話に混ざることなく、ただ開け放たれた扉を見つめていた。

暁華を追いたいという気持ち。追ってどうするのかという理性。その二つが胸を締め付ける。

泰然のように口が回れば、少しでも彼女の怒りや悲しみを慰めることができるのだろうか。こういうとき、どうすればいいのかわからない。慈しみの言葉を投げかけるには経験がなさすぎる。

「俊耿、暁華の側に行ってやれ」

「……まだ話の最中です」

「あんた、どうしようって顔してるぞ。悩むくらいなら動け。後悔したくないならな」

「私に一体、何ができるのでしょう」

「誰かが側にいることで、心を慰められることもございますの。食事はお部屋に運ばせますわね。話はまだ、先でも大丈夫ですから」

泰然と美玲の声は、優しい。俊耿は悩んでうつむく。白茶に自分の顔が映っていた。今まで鏡でも見たこともないような、不安と焦燥に染まったおもてが。

「……わかりました。では私はこれで」

礼をし、立ち上がる。正直、このまま話をまともに聞ける余裕はない。暁華の顔がいやでも脳裏に浮かぶ。怒りと悲しみがない交ぜになった形相。

室外へ出ると、通路に先程の女性、紅翼がいた。手に朱塗りの盆と簡易な食事を持って。

「何かありました？」

「いえ……暁華はどこへ」

「暁華様なら走って、自室の方へ向かわれましたけど」

うなずいたのち、俊耿は自然と軽い駆け足になる。

洞窟から出て、周囲を見渡した。暁華の姿はすでになく、それでも何事かと思ったのか住人が帰り支度を止め、俊耿たちの通ってきた道を眺めている。

土の匂いを吸い込みながら、ただ走った。どんな言葉をかけようか、それにすら答えを出せぬまま。

彼女がいくらすばしこいとも、男の脚力に敵（かな）うはずがない。俊耿はすぐに、暁華の後ろ姿を捕らえる。

暁華は自室ではなく、近くにあるヤナギの林へと入っていった。周囲は夜を示しているのか暗く、光源の大半が消え失せている。代わりにホタルの幻想的な色が目にまぶしい。赤に近い黄色、黄緑の光。それらをまとわせながら、彼女は一人立ち尽くし、すすり泣きの声を上げていた。

彼女を慰めるようにホタルが飛ぶ。幽玄さと艶美が混ざった、得も言われぬ空間を作る暁華に、俊耿はまた見とれてしまう。

白い頬を伝う涙、紅が塗られた唇——顔は歪んでいたが、ホタルに輝く一つ一つの部位は美しい。

勝手に足が先へと動く。小枝を踏んだ瞬間、乾いた音が辺りに響いた。

暁華がびくりと肩を震わせ、それでもゆっくりこちらを向く。

「俊耿……」

虚ろな瞳だ。俊耿が今まで見てきた中で、最も生気のない顔付き。

「美玲に言われて来たの？」

「いいえ」

返答が勝手に口を突く。暁華は困ったように、力なく笑った。

「ごめんね。あたし、どうしていいかわかんないんだ。いきなりって感じだし、それに」

「無理に話す必要はありません」

「……優しいね。昔から思ってたけど、俊耿はずっと優しい」

「私は自分のことしか考えていない人間です」

俊耿が彼女の側に寄ると、杜若（とじゃく）ではなく梅花（ばいか）の柔らかい香りがすることに気付く。

「誰だってそうだと思う。自分のことしか考えてないよ。でも、嘘でも気にかけてくれたことはすっごく嬉しいな」

落涙（らくるい）で崩れた化粧を手でぬぐい、気丈（きじょう）に笑う暁華が痛ましい。

痛ましいと思うこと、それは優しさなのだろうか。哀れみなのではないのか、俊耿は悩む。迷った末、暁華の横に沈黙したまま腰を下ろした。

「ここって平和だね。夢魔もいないし、みんな楽しそう」

「ホタルまでいるとは思いませんでした。誰も、何も気にしない。私のことですら」

「四ツ国もこういうところになるのかな？　あたしが……『霊胎姫』の力で、天乃四霊を呼び出すことが本当にできたら、タイヨウとかホシとかも空に浮かぶようになるのかな」

横に座った暁華は膝を丸めた。青ざめた顔の横を、ホタルが通り過ぎていく。

「今は考えなくてもいいのでは？」

「あなたがそれを望んでいないのならば、心に嘘をつく必要はありません」

俊耿は微苦笑を浮かべた。随分と丸くなったと思いながら。

「もしかして俊耿、今は本気であたしの心配、してくれてる？」

「どういうわけか」

「やめて。泣きたくなるから」

「ここには私しかいません。泣きなさい、好きなだけ」

唇を噛みしめた暁華の手に、手のひらを重ねる。だが。

暁華はか細く言うと、静かに指を引っこめた。微かに感じた温もりが離れていく。

「……痛いね」

「優しさって、痛い」

暗闇に、暁華の呟きが大きく響いた。

どういう意味だろう、と俊耿が疑問に思い、彼女の横顔を見れば、するりとホタルが合間を飛んでいく。無数の光に遮られ、暁華のおもてが上手く視認できない。

口を開き、答えを問おうとした際、彼女は急に立ち上がった。

「あたし、少し休んでくる。泰然たちに謝っておいてね」

沈痛な声音が、俊耿を無言にさせる。

暁華は小走りで、今度こそあてがわれた建物の方へと戻っていった。

きらびやかなホタルのまたたきを振りほどき、暗闇へと消えていく暁華の背中を見送って、俊耿は己の手のひらを見つめる。

（優しさが、痛い……）

ホタルたちは美しく飛ぶ。いきどころのない問いを無視して。

どこか鬱屈（うっくつ）としていく気持ちも無視したまま、周囲を飛び交うホタルの明かりが、場違いなほど輝いて見えた。

第四章　痛み、安らぎ、温もり

俊耿たちが砂漠宮に着いて、およそ二の月が過ぎた。その間は何事もなく、たまに外出する泰然とたわいない話をしたり、美玲と共に古文書の解読をしたりと、実に平和だ。

美玲は暁華に、立場の無理強いはしなかった。泰然も、もちろん俊耿も。彼女が『霊胎姫』である事実は、四人だけの秘密となっている。

「いやね、俊耿さん。腰が痛くて敵わんのですわ」

「ウチは鍋をひっくり返しちまってねぇ。火傷しちゃったんだよ。薬を頼めるかねぇ」

「心配なさらず。順番に診察しますので。紅翼さん、簡単な問診をお願いします」

「わかりました」

問診票を抱えた紅翼がうなずき、患者たちの症状を竹簡に書き写していく。

俊耿は今、砂漠宮で医者をしている。宮にある私塾の教師すら頼まれ、週に一度、若者たちにものを教える立場となっていた。

数週間前、頃合いを見て、自分が呪痕士であること——土鱗の血を引くものだと住民たちに明かしたが、事前に美玲から聞いていたのだろう。俊耿を咎めるものは一人としていなかった。

誰もが自分を認め、否定してこない場所。穏やかに過ごせる安寧の地に心安らぐ。この砂漠宮は、もしかしたら自らが求めていた、真実の居場所なのかもしれない。

だが、と薬を煎じる手を止め、窓を見る。子どもたちの明るい声が、ほんの少し遠くから聞こえていた。

唯一気がかりなのは、暁華のことだ。一時期彼女は溌剌さをなくし、自宅から出てこないこともあった。今はどうやら元気を取り戻したのか、恩たちと共に私塾へ通い、大人たちから機織りを教えてもらったりしている……らしい。

（なぜ私を避けているのだろう）

嘆息した。横を向いていたおかげで、呼気で粉薬を飛ばすことはなかったが。

らしい、というのは、全て美玲や泰然から話を聞くだけにとどまっているからだ。私塾で顔を合わせようとしても、俊耿が教師となる日に、彼女は都合をつけて休む。家も隣だが、この一と半月の間、暁華とまともに話したことはない。俊耿も忙しく、借りていた部屋を改築する作業に追われていたためだった。

思い当たる節は、と考えつつ竹紙で薬を包んでいたとき、扉が軽く叩かれ、紅翼が入ってきた。

「俊耿先生。こちら、患者さんの症状です」

「ありがとうございます。あとは薬を渡すだけですので、帰宅して構いませんよ」

「わかりました、ではまた明日」

机の端に竹簡を置いた紅翼は、軽く頭を下げたのち退室していく。

一人になった俊耿は、再びため息を吐き出した。彼女は美玲の命で、医者となった自分の手助けや身の回りの世話をしてくれている。おかげで住人たちの顔と名前を覚えることができた。

作った軟膏や薬が包まれている竹紙、そして竹簡を持ち、一階に降りる。椅子に座った患者たちと挨拶を交わしつつ、薬を手渡していったのだが――

「俊耿先生。これ、咳止めって書いとるけど？」

「こっちは気付け薬になってるねぇ」

「……申し訳ない、少し疲れているようで」

今までしたこともない失態を犯し、思わず眉間を揉んだ。

「そいつはいかん。今度羊肉をやろう。きっと精がつくから」

「ならウチは今度、根菜を持ってくるかねぇ。しっかり食べときな」

「ありがとうございます、皆さん」

礼は言ったものの、苦笑すら漏れない。自分の愚かさに嫌気が差した。

「のちほど、自宅の方に薬を届けます」

「うんうん、そうしてくれ。婆さんも先生の顔を見たがっとるし」

「紅翼に言われた通り、火傷の箇所は水でさらしとくよ」

笑いながら言って、二人の患者は家から出ていく。見送るため、俊耿もまた外に出た。

「おや、暁華ちゃんじゃないか」

扉を閉めたとき、背後で一人が声を上げた。俊耿は勢いよく振り向く。

そこには、私塾帰りと思しき暁華の姿があった。隣には青年——同じく私塾通いをしている嵩がいる。

「こんにちは……」

「今帰り？　嵩も暁華さんも、ちゃんと勉強してるんだろうね」

「してるよ、母さん。母さんこそ火傷、大丈夫なのか」

「おばさん、火傷しちゃったの？　大丈夫？」

俊耿は立ち話をする四人の姿を、いや、暁華を見つめた。彼女は化粧もしておらず、装飾品も着けていない。服だけはしっかり着こんでいる。

疲れているのか、他の要因があるのか、その顔はあまり明るくなかった。

「暁華」

「あ、あたし、これから恩と遊ぶんだ。じゃあね、嵩。おばさんたちもお大事に」

名前を呼んだと同時だ。彼女は慌てたように声を上げ、自宅に入っていってしまう。

「……恩は今日、師匠に鍛冶を教えてもらう日のはずだけど」

——完全に避けられている。

嵩の呟きに、はっきりと理解した。事実に憂悶する。同時に、苛立ちにも似た焦燥が重なり、得体の知れない感覚でみぞおち付近が痛んだ。

「ところで嵩、アンタなんでこっちに来てるんだい？　居住区とは反対じゃないの」

「暁華を送ってた」

「じゃあもう用は済んだね。爺さんを背負ってやりな。腰が痛いんだって」

「わかった」

「よろしく、嵩。俊耿先生、またあとでなあ」

俊耿はおざなりに首肯する。三人は一般の居住区へと、歓談しながら戻っていった。

その場に立ち尽くし、暁華の家を見つめる。周囲を照らす明かり具合から確認すれば、時刻は昼頃。

その後も何秒、何分待っただろう。彼女は自宅から出てこない。俊耿がいる、とわかっているからなのだろうか。

一気に機嫌が悪くなる。あからさまに、顔すら合わせてもらえない理由が、知りたい。

意を決し、扉を叩いた。なるべく乱暴にならないよう、慎重に。

「誰？　嵩？」

少しののち、控えめな声が返ってくる。

「私です。俊耿です」

「……なんの用？」

「用がなければ話すことも叶いませんか」

思わず声が固くなった。きつい物言いとなる。また少し、合間が開いた。

「そうじゃない、けど。俊耿はお医者で忙しいでしょ」

「ですので、手伝いをお願いしても？　薬を届けたいのです。昨日と今日の分を」

「紅翼さんに頼めばいいじゃない」

どこか拗（す）ねたように言われ、首を傾げる。ため息が自然と出る。

「恩のところに行くのでしょう。彼の家にも薬を届けなければなりません」

答えれば、また少し沈黙が下りた。そののちだ。扉が音を立てて開いたのは。

「恩……どこか、悪いの？」

多少うつむき加減に、暁華が顔を覗かせた。不安と心配で顔を曇らせながら。

「いいえ。火傷用の薬を頼まれていましたので。彼は至って健康です」

「……あたし、薬のこととかわかんないよ」

「あらかじめ作ってある薬を手渡すだけです。難しいことは要求していません」

返答に詰まっている暁華を、俊耿はただ見下ろす。数十秒の体感ののち、ようやく彼女は小さくうなずいてくれた。

「今、薬を取ってきます。少し待っていて下さい」

「うん」

声に覇気はなく、哀愁を含んだ瞳が気になるものの、見た限り体に不調があるという様子ではなさそうだ。

そのことに安堵し、俊耿は一度自宅に戻って鞄へ薬を詰め込む。再び外に出ると、家の前でしゃがみ込んでいた暁華はゆっくりと立ち上がった。

「行きましょう」

彼女は何も言わない。俊耿が歩きだせば、横ではなく、なぜか後ろをついてくる。歩幅を合わせているのにもかかわらず、だ。

重たい沈黙を携え、無言で居住区の方へと歩いた。俊耿たちが住んでいるのは、広場より多少離れた場所だ。建築途中の建物も多く、積まれた木材や煉瓦などはあるが閑散としている。今は工事が止まっているのか、人気は感じられない。

「なぜ私を避けているのですか」

「え？」

少しずつ喧噪が聞こえてくる中、ついに俊耿は口を開いた。足を止め、振り返りつつ。

半歩、たじろぐように暁華が後退する。

「随分淑やかになりましたね。大人しくなった、と言いますか」

「な、なんのこと？」

「……そんなこと、ないよ」

彼女は言い、とってつけたような笑顔を作った。偽物だとすぐにわかる、元気のない笑みを。あちこちに彷徨う視線は、明らかにうろたえている。

「勉強で疲れてるだけ。ほら、俊耿も知ってるじゃない。先生、厳しいでしょ？　だから」

「以前、恩に聞いたことがあります。私塾であなたは、かしましいほどに元気だと」

「恩の勘違いだよ」

あくまでもしらを切る暁華に、俊耿は腹立たしくなった。自然と眉間に皺が寄る。

泰然にも、美玲にも、砂漠宮の住人たちにも——彼女は活発だと聞かされていた。自分が『霊胎姫』であることを知り、それでもその衝撃から立ち直った暁華は、いつもの明るさを取り戻していると。

なのに、彼女は白々(しらじら)しい。よそよそしい。俊耿という存在を無視してふるまう。

(私の前で泣いていたのに)

ヤナギの林ですすり泣いていた姿。旅の途中、ころころと変わっていたおもて。それらが脳裏に浮かんでは消えていく。怯えたような笑みを浮かべる今の暁華からは、壁一枚以上の隔たりを確かに感じた。

「私に対してだけすげないでしょう。私が何かしたのなら、はっきりと言いなさい」

言葉という刃物を使い、追及する。以前感じた怒気とは違う、形容しがたい別の感覚が声に棘を帯びさせた。

「……俊耿には、きっとわかんない」

暁華が不意に笑みを消した。ヤナギの林で見たときの、まっさらな虚ろな顔になる。

「わからないとは？」

「俊耿、今、幸せでしょ。居場所があって、人の役に立って。紅翼さんもいて面倒見てもらってて」

「なぜ先程から、紅翼さんの名が出てくるのです」

「あたしは」

周囲を見て、誰もいないことを確認してから、彼女は遠くを見るような目を作った。

「あたしは『霊胎姫』だから。いつかはここを出なきゃならない。出て、天乃四霊を呼んで……四ツ国を救わなきゃいけないの、多分」

唇を噛みしめ、今度は鋭い目付きで暁華がこちらを睨む。

「あたしの居場所はここじゃない。ううん、きっとどこにもないんだと思う。俊耿はいいよね。目的を達したんだから。寄る辺が、もう、あるんだから」

彼女の言葉に、頭を殴られたかのような衝撃が走った。

灰色の瞳に涙はない。それでも震えている声音に、怒りと悲しみが同居しているのだと俊耿は気付く。気付く他なかった。

寄る辺、あるべき場所、欲しかったもの――確かに、そうだ。この砂漠宮で自分はそれらを手に入れた。ずっと求めていた寂しさを、ここで満たすことができている。いつも寝しなに感じていた郷愁が、ここ最近全くないことは自覚していた。

「言われたのですか、美玲に。使命を果たせと」

吐息と共に吐き出した問いに、彼女は静かにかぶりを振る。

「言うはずないよ。誰も、何も言わない。ここの人たちはみんないい人。虚ろ子のあたしにも優しい。だから辛いの、苦しい……優しさが、痛い」

自らの身をかき抱き、吐露するようにささやく暁華へ、どう声をかければいいのだろう。

「……だから俊耿のことも少し、怖いんだ。優しくしてくれるから。労ってくれるから。避けてたのは、それが理由」

　優しさが人を救うとは限らない、と今、彼女の言葉で理解してしまった。真綿で首を絞められているような責め苦を、暁華はずっと感じているはずだ。『霊胎姫』ゆえに。責務と重圧に押し潰されそうになりながら。

「でもね、あたし、せめてここの人たちには幸せになってほしい。先生や恩、嵩……おじさんにおばさんたち。俊耿が大切に思う人たちと、せっかく見つけた居場所なんだから」

　どこからか入り込む、生温い風。微かにそよぐ黒髪を耳にかけ、暁華は笑う。

「もう少し待ってね。そうしたらちゃんと役目を果たすから」

「なぜです」

　痛々しい微笑みに、俊耿はつい、たずねた。声音が焦燥を帯びている。

「なぜ、自分自身の幸せを考えないのですか」

「……それ、聞く？」

　彼女は自嘲気味に吐き捨てた。地面にあった小石を蹴る。俊耿の靴先に、当たった。

「今までいろんな男の人を騙してきたんだよ、あたし。騙して、嘘ついて……傷付けて。多分ね、借りを返せって言ってるんだと思う。天命が」

　ああ、と俊耿は自身の体から、力が抜けていくのを感じる。胸に去来するのは無力感だ。

　彼女はもしかすれば、罰してもらう機会を待っていたのかもしれない。そんなことさえ思う。

　暁華はただ、はかなく微笑んでみせた。

「それでも……俊耿が幸せになってくれるならいい」

「私は」

　言い切られ、また胸が痛んだ。得体の知れない痛覚だ。抱いたことのない感覚に、何を話していいのかわからなくなる。無意識に唇を開きかけた、刹那――

「俊耿兄ちゃん、暁華姉ちゃん！」

　小さな足音と恩の声が響いた。暁華の表情が、すぐに明るいものへと変わる。

「恩。どうしたの？　こんなとこまで」

　駆け寄ってきた恩は、手に野菜の入った竹かごを持っていた。

「俊耿兄ちゃんに、火傷の薬もらおうと思って。なんで二人で突っ立ってるのさ？」

「秘密。大人同士の内緒の話してたの」

「ちぇっ。まーたおれのこと子ども扱いするんだもんなあ、姉ちゃんは」

　そばかすが浮いた頰を膨らませる。彼の視線が、俊耿へと向いた。

「兄ちゃん、師匠が薬欲しいって。火花で腕、やられたみたいなんだ」

「……今、うかがおうと思っていたところです」

「そっか。姉ちゃんも来る？　料理教えてやるから」

「一丁前に言うね。でも、恩のご飯は美味しいし……行こうかな」

「へへ。兄ちゃんは？　昼飯食べた？　食べてないならごちそうする」

俊耿は、悩んだ。だがすぐに首肯する。他にも居住区には用があるし、何より暁華と話したい、というのが本音だ。

「お願いします」

「うん！　いい野菜もらったんだ。アヒルの肉もあるんだぜ」

顔を輝かせ、恩は何度もうなずいてみせる。今にも竹かごを振り回しそうな勢いだ。

「こらっ、食べ物を粗末に扱わないの。ほら、手」

「えー」

そのことに暁華も気付いたのか、恩の腕を軽く掴む。

「すぐ走るでしょ、恩は。転んだら野菜が台無しになるよ。手、貸して」

「仕方ないなあ」

渋々、という様子で恩は暁華と手を繋いだ。それでもどこか嬉しそうだ。二人はそのまま歩き出し、私塾で出たと思しき宿題の話をしはじめる。

二人の後ろをついて歩きつつ、俊耿は一瞬、羨ましいと思った。なぜそんな風に感じたのか、何に対して羨望したのかわからない。だが、ただただ、寂しさが募ってくる。

孤独、と内心で思う。そう、これは孤独だ。旅の途中で感じたことのある感情。

寂しさなど、独りでいることへの恐怖など、もう自分とは無縁のものだと思っていた。

ここは大切な居場所で、周囲の人間も何かと気にかけてくれる。温かさに包まれた、優しいところ。

　しかし、暁華を見ていると胸の奥が苦しくなる。切なくなる。少し、息苦しい。

　恩と話す暁華の横顔を見つめ、それから目線を逸らす。自分は、どうしようもなく貪欲になってしまったのかもしれない。独りぼっちになることが今さら怖いだなんて、思いもよらなかった。

（本当に、浅ましい）

　唇が歪む。どこまでも続く薄い不安は、心を苛んでやむことを知らない。

※　※　※

　夜となった砂漠宮に、微かに笛の音が響いている。時間を知らせるための鐘ではない。暁華が吹く曲笛の、柔らかい音色だ。部屋の中で奏でているのだろう、露台にいる俊耿と泰然からは、彼女の姿は見えなかった。

「暁華が、ねえ」

　老酒（ラオチュウ）を一気に飲み、青銅の酒器を置いて泰然が天を仰ぐ。机を挟んで対面に腰かけていた俊耿は小さく吐息を漏らした。机上にある蜜蠟の明かりが少し、揺れる。

「あいつもあいつなりに考えてたんだな」

「ええ」

俊耿は薬配りの仕事を終えたのち、彼に酒を飲みに誘われて今に至る。泰然と顔を合わせたのは夕方くらいだろうか。広場にある水時計で確認しておいた時間は、そのくらいだった。

もっぱら外出するのは、三人の中で泰然くらいのものだ。彼は住人たちが出かける際の護衛を担っており、たまに礼としてもらう食事をわけてくれる。

泰然の家にはものがほとんどなく、着替えと刀の手入れ道具ぐらいしかない。部屋の隅に目をやれば、脱ぎっぱなしの服の側に置かれた暁明鳥の羽が、やけにまぶしく映る。

酒器を傾け、口をつけながら強い酒を嚥下した。久しぶりの酒精は熱く、喉に沁みる。

「私は狭量ですね。彼女のことを考えもせず、自分のことばかりで手一杯だった。なのに思うのです。暁華が遠い存在になったと」

「夜霧を消し去る『霊胎姫』だもんなあ……まあ、近しい存在だとは思わんだろうさ」

「いえ、そういう意味ではないのです。彼女が『霊胎姫』であろうと、暁華は暁華。ですが」

「が？」

泰然は蓴菜の酢漬けをつまみ、咀嚼する。俊耿はしばし考えたのち、かぶりを振った。

「役目を果たすと。私の幸せを願うと告げられまして……困惑してしまった」

ささやいて苦笑すれば、しばらくの間、沈黙が下りる。笛の音だけが響く。

「強いが間違ってるな」

腕を組んだ泰然が苦々しく言った。

「何がでしょう」

「暁華だよ。何があったか知らんが、人間、もっと強欲でちょうどいい」

「強欲、ですか」

目を細め、俊耿はまた嘆息した。

泰然に、暁華が今までどう生きてきたか——彼女がねじれた倫理を持っていることは話していない。話せる立場ではない。彼とこうして酒の席を共にすることは稀（まれ）にあったが、話の種はもっぱら地上の様子についてだ。

美玲とどうなっているか、それも聞いてはいなかった。泰然も話題にしない。

「俊耿、あんたはどう思った。幸せになってくれと言われて。何も感じないか？」

「幸せとは、と考えてしまいましたね。結局話をするにも彼女は恩と会話するばかりで。顔を合わせたというのに、最後まで何も話せずじまいでした」

顎に手をやり考えれば、嘘の笑顔を作る暁華に、もやもやした感覚を抱いていたことを思い出す。

「私の前では強がらず、無理に笑顔を浮かべずともいい、と考えてしまうのです。ただ側にいてくれればいい、とさえ」

「あんた今、答えを自分で導き出したぞ」

「答え……？」

意地悪い笑みを浮かべる泰然に、眉が寄った。答えを出した覚えはない、と。

「孤独だ、と思ったんだろ。独りになった気持ちがするんだろう」

「……ええ。贅沢なことに」

「そりゃあんたが、本当に得がたいものを失おうとしているからだ。と、ここまで言えば、鈍感な男でもわかるんじゃないか？」

得がたいもの、と言われた瞬間、脳裏に暁華のおもてが浮かんだ。

嵩に浮かべていた笑顔。食べかすに満ちた恩の頰をぬぐい、優しく見つめている顔付き――脳内は彼女のことでいっぱいになり、思わず愕然とした。

「私の幸せ……」

「よし、答えが出たな。お疲れさん、はい解散」

わざとらしく拍手をする泰然を見て、うろたえる。目線が自然と彷徨う。

「ですが私は……私は、呪痕士です。土鱗の人間です」

「だから？」

「いえ、だからと言われましても」

「もう一度聞くぞ？『幸せになってね俊耿。あたしは別の人と一緒になるから』って手え振られたらどうするよ」

ぽかんと口を開けてしまった。

暁華の言葉がよみがえる。俊耿が幸せになってくれるならいい、という言葉が。

「私は……」

瞬時にかぶりを振り、胃もたれにも似た感覚に服を掴んだ。

嵩や恩、他の住人たち。彼らの気がいいことはわかっている。知っている。だが、暁華が他の異性と肩を並べて歩く姿を想像すると、またもやみぞおちが押された感覚になってしまう。

独りになってしまう、とは思わなかった。もっと強い、寂しさに似た以上の焦燥が胸を支配し、脈を速くさせる。

「オレの見立てじゃ、暁華はあんたを好いてるぞ。間違いなくな」

泰然の突然の宣告が、自分の頭を混乱させた。困惑を肴にするように、彼はいかにも美味そうに酒を飲んでみせる。

「じゃなきゃ、『幸せになってくれたらいい』なんて言葉、出すはずないだろ」

「暁華が……私を？」

背もたれに身を預け、脱力した。いつから、どこを、など様々な疑問が浮かび、それでもいやな感覚はない。むしろ胸が空く。目の前が明るくなった気すらした。

――幸せは、暁華と共にある。

気付いた直後、心臓が早鐘のように脈打つ。気持ちが落ち着く。顔が、ほころぶ。

その様子を見てか、泰然はうなずいた。

「女ってのは強い。腕力とか脚力とかの話じゃなく、だ。暁華だって、誰でもないあんたのために『霊胎姫』の役目を果たそうとしてる」

「そのようなこと、私は望んでいません」

「オレに語ってどうするよ。考えて、思って、あいつへ言葉にしてやらなきゃだめだ」

箸を置き、泰然は苦笑しつつ椅子を揺らした。

「ま、オレも難関に立ち向かってるわけだが。お互い、後悔しないようにしようや」

「後悔……」

「こんな世の中だ。いつどうなるかわからん。好いた女が明後日の方向を向いてるなら、きちんと手を握って振り向かせてやらないとな」

ひらひらと手を踊らせる泰然に、俊耿はうなずき、立ち上がる。

「泰然」

「ん？」

「ありがとう」

「お安いご用だ」

にやりと口の端をつりあげた泰然が、力強くうなずいてくれた。

届いただろうか、心からの礼が。彼はいつもそうだ。的確な観察眼で大事なことを教えてくれる。今宵泰然と話さなければ、いつまでも同じ箇所をぐるぐると、一人頭の中だけで迷っていたことだろう。

「明日早くに行きたい場所ができたので、私はこれで失礼します」

「お。いきなりか。ま、頑張れ」

勘違いしている泰然に、俊耿は苦笑だけを返す。もちろん暁華に会って話をしたいとは思う。だが、勢いのまま来訪し、怯えさせたくはない。怖がらせたくはなかった。

階段を下りながら、彼女のことを考える。幼い暁華の姿と、今の暁華の姿が交互に浮かんだ。禁忌の宮を追放されて、はじめに思い浮かんだものは――彼女の笑顔。

(答えはすぐ側にあった。いつも、側にいた)

泰然の家を出て、未だ鳴り止まない笛の音に耳を傾ける。暗くなっていくさなか、暁華の姿は相変わらず見えないままだ。

今日はまだ、会わない。言いたいこと全てを整頓したかった。

幸せを手にする準備を進めるため、俊耿は自宅の方へ歩いていく。足取りは軽く、飛ぶような感覚だった。浮かれることもはじめてで、何もかもが新鮮だ。

暁華からもらったものを、それに見合うだけの何かを返したい。

人気のない宮の中、俊耿は微笑む。胸を高鳴らせながら。

土鱗の国から盗まれ、四ツ国で高値で売買されているものに、陽茉莉花というものがある。茉莉花の一種だが、普通のものとは違い、光を内包し赤く輝く花だ。匂いは茉莉花より少し薄めで、柔らかい。王族たちや後宮の妃に好まれている代物である。

痕術から発現する水では育たず、清らかな水源のみで花咲くところもまた、神秘的だともてはやされている理由だ。

俊耿は、朝一の鐘が鳴る以前から、それを探していた。獣脂の角灯と竹かごを持って。水呼鉱（すいこう）の気を探り、砂漠宮に点在するヤナギの林を歩いて回る。ヤナギもホタルも存在するなら、きっと陽茉莉花もあるだろうと、昨晩つらつら考えているうちに気付いたのだ。

綺麗な四角形として作られている居住区、農園区を巡り、残すは入口付近と工房区だけとなったとき。

「俊耿先生？」

「あ、俊耿兄ちゃんだ！」

不意に声をかけられ、立ち止まる。

振り返れば、嵩と恩の二人がいた。嵩は弩（ど）を、恩は角灯二つをそれぞれ持っている。

「おはようございます。こんな朝早くから見回り、お疲れ様です」

「おはよー。先生も早いじゃんか。何、今日の授業で出すものでも探してるの？」

「いいえ。本日は私塾の方を、休むことにしました」

「珍しいですね、先生が休むなんて」

「ええ。少し捜し物があるので」

「何探してんの？」

興味で瞳を輝かせる恩に苦笑し、竹かごを掲げた。

「陽茉莉花を。この砂漠宮は水が綺麗なので、きっとあるかと思ったのですが」

「薬にもなるんですか、陽茉莉花」

「授業や仕事とはなんら関係がありませんよ」

「ひまりか……？　そんなんあったっけ」

「あるだろ。祠堂(しどう)に飾る花の一つだ」

「やはり生息していましたか」

俊耿の確信に嵩はうなずく。彼はほとんど表情を変えない。淡々とした口調のため誤解されやすいが、勤勉な青年だと俊耿は知っている。

「よければ生息地を教えて下さい。数本だけ、摘ませていただきたいので」

「いいですよ。でも、美玲様に聞けば早かったんじゃないですか」

一瞬、動きを止めた。確かにその方がよかったかもしれない。

「ひまりか、何に使うのさ？」

「ああ……いいえ、その、贈り物といいますか」

「暁華にですか」

嵩に言い当てられて顔が強張る。図星だとわかったのだろう、彼はぎこちなく微笑んだ。

「暁華はいつも、先生たちの話をしていたんです。旅のことを楽しそうに」

「……そうなのですね」

「特に先生のことを話すときは、まあ、その……わかりやすいくらい調子よくなって」

「うん。いつもそんな感じだよ、暁華姉ちゃん」

二人の言葉に俊耿の胸が温かくなる。暁華が自分のことを考えている、思ってくれていたことに一つ、鼓動が脈打った。

「陽茉莉花は入口近くのヤナギ林に咲いていています。俺たちは見回りの続きと私塾があるから行けませんけど」

「教えてくれただけで充分です。ありがとう」

礼を言うと、嵩と恩はそれぞれ会釈し、居住区の方へと歩いていった。

二人の背を見送り、俊耿は砂漠宮へ訪れた際に見た大樹を目印に歩を進める。ここからそう遠くはない。周囲で松明の明かりを調節している住民の姿が確認できた。彼らとも挨拶を交わし、歩いていくと、木の元まで辿り着く。

綺麗な蔦が絡まる巨大な菩提樹の側には、トウカエデやイチョウの木が群生している。久しぶりに充満する森の匂いを目一杯吸い込んだ。旋の邑にも木々はあったが、ここまで緊張を解くことはなかったように思う。

歩いているうちに朝を知らせる鐘の音が鳴った。そろそろ暁華も起きる頃だろう。

ヤナギの林は隅の方にあり、天井から微かに入る風に揺れていた。中へ入り、ウルシに注意しながら目的のものを探す。藪を掻き分けていくと、赤い光が目に飛び込んできた。

発光する小さな花は、実にかぐわしい。赤く愛らしい花——間違いなく陽茉莉花だ。数本、手折らせてもらう。三本ほど竹かごの中に入れ、その場をあとにした。

今日は本来、私塾での仕事があった。暁華が自分を避け続けていることを考慮すると、彼女は家にいるはずだ。いや、機織りの仕事を手伝うかもしれない。入れ違いにならないよう、まず足早に居住区へと急ぐ。建ち並ぶ家の中、見知った住居へと向かう。私塾の老師に休む旨を伝えると、朝早いにもかかわらず彼は快諾してくれた。

段々と人気（ひとけ）が多くなってきた。周囲に取りつけられた松明なども、先程と比べて大分明るい。俊耿は軽く駆け足になる。陽茉莉花は長持ちするが、早く暁華へ手渡したい。

（彼女は受け取ってくれるだろうか）

不安と高揚が混ざった、言い知れぬ感覚。だが、今まで抱いたことのなかった感情は、不思議といやなものではない。

自分たちの住む場所まで戻ってくる。走ったせいではないが、心臓の鼓動がひどかった。前を見据えて呼吸を整える。目指すは暁華の家だ。緊張で手が震えることもはじめてで、自然と苦笑が浮かんでしまう。

すう、と呼気を吸い、意を決して彼女の家——一階にある扉の前に立った。扉を叩く。

「起きていますか。私です。俊耿です」

返答は、ない。しばらく待つ。

寝ているのだろうか、それとも自分の来訪を、無視しているのだろうか。数十秒の待ち時間が、とても長く感じる。

もう一度扉を叩こうと、手を上げかけたそのとき。

「今、出るから」

か細い声音が届いた。相変わらず覇気はないものの、返事が聞けたことにほっとする。

少しののち、扉が開いた。身支度を整え終えている暁華が、困ったようなおもてをしつつ唇を開く。

「……おはよう」

「おはようございます。申し訳ない、朝早くに」

「別に。あたし、今日は私塾に行かないよ」

「知っています。私も本日、休みをいただきました」

「……急病の人でもいるの？」

彼女は目線を合わせようとしない。俊耿は慌てることなく、ゆっくり首を横に振った。

「あなたに渡したいものがあるのです。少しだけでいい。中に入れてはくれませんか」

「あたしに？」

つい、といった様子で暁華が顔を上げた。視線がかち合う。俊耿は、薄く笑む。驚いたように彼女は目をまたたかせた。

「……ち、散らかってるかもしれないけど……」

顔を背け、それでも暁華は扉を完全に開けてくれる。

「ありがとう」

俊耿は礼を述べて室内に入った。部屋は整頓されている。竹簡が落ちているくらいだ。

「勉強の邪魔をしてしまいましたね」

「そ、それは昨日の。宿題だから」

扉を閉めた暁華が慌てて竹簡を拾い上げ、机へと置き直した。獣脂の灯火がその勢いで多少揺れる。

「それで……今日は何？」

「これをあなたに」

言って、俊耿はかごの中から一本、摘んできた陽茉莉花を差し出した。仄明るい赤の輝きに、彼女は目を丸くする。

「何これ、綺麗。いい匂いもする」

「陽茉莉花。暁に咲く花の一つです」

「アカツキって？」

「暁とは夜明けのこと。この花は明け方の色になぞらえて、土鱗の国で陽茉莉花と呼ばれ親しまれていたようです」

「薬の効果がある花なんだ」

「いいえ」

俊耿が否定すれば、暁華は不思議そうに、困惑した面持ちで首を傾げた。

「じゃあ、なんでこれ、くれるの？」

「あなたの名前にふさわしい花だからです、暁華」

優しく名を呼んだ。びくりと彼女は肩を跳ね上げさせる。俊耿は一歩近付き、うつむく暁華へ語りはじめた。

「あなたは昨日言いましたね。私が幸せならそれでいいと」

「……うん」

「確かにここは、私が求めていた安住の地かもしれません。誰も呪痕士である私を恐れない。いとわない。ですが、幸福と呼ぶには足りないものがある」

「贅沢だよ、それ」

「ええ。やっと貪欲さに気付くことができた。私の幸せは、暁華。あなたと共にあると」

「え……？」

不機嫌さを混ぜた顔が俊耿を見上げる。理解できない、というように。

俊耿は笑みを深め、暁華の髻(もとどり)付近に陽茉莉花を、差す。

「いつでもあなたが側にいた。あなたのおもてを思い出していた。この十年、私はきっとあなたと一緒にいたのです」

五枚の花びらがまたたき、赤い光が彼女の白い肌を照らす。艶めいた黒髪も。

「私があなたを守ります。思っています、いつでも。共に幸せになりましょう、暁華」

「あ、え……あ……」

はくはくと、何度も口を開け閉めし、暁華が絶句する。うろたえてその視線が彷徨う。

泣きだしそうな面持ちとなり、それでも唇を噛みしめた彼女は、強い眼差しでこちらを向いた。

「そういう言葉は、仲間じゃなくて本当に大切な人に言わないとだめ」

「わかっています。唐突だということも。ですが、暁華。あなたにだから告げている」

暁華は、差した花を振りほどくように強く、何度もかぶりを振る。

「そんなの……よくないよ」

「何がでしょう」

「あたしは『霊胎姫』だって言ったじゃない。もしかしたらここから出ていかなきゃいけなくなるんだよ？　ここはやっと俊耿が見つけた居場所でしょ？　なら、みんなのことを大切にしなくちゃ」

「先程も言いました。私の幸せはあなたの側だと。あなたがいずれこの宮を出るならば、私も共に出ていくだけのこと」

「だめだってばっ」

声を荒らげた彼女の顔はくしゃくしゃに歪んでおり、首を横に振った刹那、涙が舞う。

「俊耿が幸せになるのに、あたしが側にいちゃだめなの！」

「それを決めるのは私です。暁華、あなたはいやですか。私のことが嫌いですか」

震える肩へ、俊耿は静かに片手を置いた。暁華はうなずきも否定もしない。

「俊耿の勘違いだよ。その思いは優しさなだけ。間違ってる」

「そうでしょうか」

「うん。それらに、紅翼さんや美玲みたいに清らかな、素敵な人がいっぱいいるでしょ？」

微笑み、今度は自分が首を横に振る。

この十年、佳人ならばたくさん見てきた。いろんな中邑で、邑で、村落で。だがどんな女性がいたとしても心動かされなかったのは、無意識下に暁華がいたからだ。今ならそう断言できる。

誰に否定されようとも、彼女という存在に心を揺さぶられたのは事実だ。怒り、それから、胸の高鳴り。苛立ちも何もかも、自分に未知の感情を植え付けたのは暁華だった。

「私にとって素敵な人とは、あなたです」

「あたしは、よ、汚れて……」

「暁華」

竹かごを落とし、そっと彼女を抱き締めた。甘い、柔らかな陽茉莉花の香りを吸い込みながら。

「私の寄る辺は、あなただ」

ささやいた瞬間、暁華が小さな悲鳴を上げる。いや、泣き声に近い。

「もう一度聞きます。暁華、あなたは私のことが嫌いですか」

彼女はか細く「ううん」といった。しゃくり上げた声音で、呟くように。その答えは、俊耿の胸に染み入る。心の底が温かくなる。

暁華の頬に手のひらを当てると、冷たさとぬるさが混ざった涙が溢れていることに気付く。優しく、拭き取るように指で目尻をぬぐってやる。彼女は顔を怖々と上げ、沈黙したのち、ためらうように口を開いた。

「あたしで……いいの？」

「あなたでなくてはだめです」

言い切れば、暁華が顔をほころばせる。つぼみから芽吹いた、花のような笑顔だ。

「あたしも、俊耿が、好き」

頬を朱に染め、小声で言う彼女が愛おしい。胸がいっぱいになり、俊耿は思わず、自分の唇を暁華の額へと押し当てていた。

うっとりと彼女が笑む。照れ臭そうに、それでも幸せそうに。

二つの影がより深く重なり、獣脂の明かりに揺らめいた。地面に落ちた陽茉莉花は、二人の思いを象徴するように、なお明るく、またたく。

……暁華と熱く心身を重ね、およそ二の月が過ぎた。

今日も俊耿は「風邪を引いた」と嘆くものや「捻挫（ねんざ）をした」と診療所に駆けこんできたものたちへ薬を与え、話を聞き、一息ついたところだ。

「お疲れ様、俊耿。お茶いれたよ」

「ありがとう、暁華」

二階から上がってきた暁華が、爽やかな甘さの白茶を机へと置く。

彼女は現在、助手だった。患者の病状を確認したり、食事や洗濯、身の回りのことの世話など、公私ともに俊耿を支えてくれている。たまに紅翼が食料を分け与えに来てくれているが、彼女は再び美玲の補佐に戻ったらしい。

暁華へ薄く笑み、俊耿は茶を静かに飲んだ。向かい合わせに暁華が腰かける。

「今日はね、ここの人たちが物資を調達しに行くんだって」

「外に出るということですか？」

「そうみたい。どこから外出するかはわかんないけど……入口は使ってないみたいだし」

同じく茶をすする暁華に、ふむ、と唸る。

砂漠宮にはまだ謎が多い。

確かに根菜などは畑でもとれるだろう。しかし、たまに住人たちが礼としてわけてくれる肉などの類いが、どこから来るか不明だ。美玲にそれとなく聞いたこともあるが、微笑みでごまかされた。泰然と話をしてもそこの部分に触れてはくれない。

ただ、広場にある水晶。あれを使えるのは美玲しかいないという。そのため、何かあった際に備え、住民たちは武装をしているし、美玲自身もほとんど外出をしていないのだ。

俊耿は顎に指を添え、小首を傾げる。

「謎を探りたい気もありますが、下手をして不機嫌になられるのは怖いですね」

「俊耿にも怖いものってあるんだ」

「ええ。あなたを抱くときも傷付けていないか、未だ恐ろしいです」

「す、凄いこと言うよね、俊耿ってたまに」

顔を真っ赤にさせた暁華がうつむく。だが、俊耿は本当のことを口にしたまでだ。

彼女には、自分のすぐ側で笑っていてほしいと思うのだ。暁華も自らが幸せになることを、少しずつ許しているのだろう。互いを思いやる生活は甘美に満ちている。

この誰もが自分を受け止めてくれる、愛しいもののいる場所で、穏やかに過ごしたいと俊耿は思っているのだが。

「……あのね、俊耿」

「なんでしょうか」

陶器を置き、暁華をうながす。真剣な眼差しで彼女は顔を上げた。

「あたし、やっぱり役目を果たそうかなって思って」

来たか、と俊耿もまた、厳しい顔付きになるのを自覚する。

「あたしは『霊胎姫』だもん。ここに住む人を、四ツ国で苦しむ人を助けられるよね？　なら、天乃四霊を呼ばないといけないかなって」

「それは……」

放たれた言葉に、俊耿は口ごもる。

「天乃四霊の呼び方だけはわかってるんだ。美玲の持ってる古文書、読んだから。頭に入ってる。場所だけがわかんないの。そこ、呼ぶ場所を知ることができたら……あたしは、太陽や星を取り戻せる。朝を、よみがえらせることができる」

暁華の言葉で沈黙が降りた。俊耿は自分の嘆息が、大きく聞こえた気がする。

確かに暁華は美玲のところへ、薬草などをもらいに使いとしておもむいていた。きっとその際に古文書を見せてもらっていたのだろう。

「本当に夜霧を消し、みなを救いたいと思っているのですか」

やや厳しい声音でたずねる。

自分はともかく、暁華のこれまでの扱いを考えれば、憎しみを胸に宿してもおかしくない。利用されるものとして生かされてきたことを、辱められたことを、そう簡単に消化できるとは思えなかった。

彼女は苦笑する。肩をすくめるように背筋を丸めた。

「みんな、じゃないよ。俊耿とか、泰然とか美玲とか……ここの人たちのことを考えたの。国のことなんてどうでもいいんだ。今でも恨んだりしてるし。でも、あたしだって貪欲だから。ここの人たちに太陽や朝をあげたいって思うの。『霊胎姫』としてじゃなく、一人の人間としての願い」

「……それならば」

私も共に――と、身を乗り出した暁華へ続けようとした刹那。

「おーい、俊耿。いるか?」

一階から泰然の声が聞こえた。俊耿は背後の扉へ振り向く。

「あたしもいるよ」

「お前さんもか……まあいい、二人とも、ちょっくら下りてきてくれないか」

俊耿は暁華と顔を見合わせた。まるで彼女がいるとまずい、というような口ぶりだ。泰然も二人で暮らしていることを知っているのだが、何があったというのだろう。

「また美玲のことかな？　顔を合わせてくれないって愚痴かも」

「どうでしょう。少々違うような気もしますが」

「行ってみよっか。なんか深刻そうだしね」

うなずき、二階から一階へと降りる。診療所に様変わりした空間には、旅装束に身を包み、青龍刀を担いだ泰然が立っていた。

「泰然、まだ外出してなかったんだね」

「ああ。……お前さんたちはすっかり所帯じみてるな」

「からかわないでよ。で？　今日はなんの用？」

「ちょっと、な」

彼はどこか悩んだようにこちらを見た。とても言いづらそうな顔付きで。普段、あけすけにものを言う彼が珍しく口ごもっている。俊耿は直感的に、いやな気配を感じ取った。

「問題でもありましたか」

「砂漠上に、金冥(きんめい)の連中がいる。……帝(みかど)の傑倫(けつりん)もだ」

「え……っ」

声を固くしたのは誰でもなく、暁華だ。彼女は一瞬の間ののち体を震わせはじめた。

「兄様が？　なんで……なんで？」

「見ただけだからわからん。水面鏡（みなもきょう）だったか。それで外をうかがうことができるんだが、出かける前に確認したら、だ」

「美玲はなんと？」

「傑倫だけ呼んでみるって言ってたな。美玲が上に出て、夢魔にでもやられたりしたら、この集落は一気に瓦解する」

「なるほど。それにしても厄介ですね。なぜ金冥の帝がここに」

「……あ、あたしが死んだこと、確認しにきたのかもしれない」

よろめく暁華の体を支え、抱き留めながら俊耿は目を細めた。

確かに今まで、様々な邑や中邑（まち）で問題を起こしてきた。金冥が他の国に内偵を放っている、という噂はないが、だからこそ自ら暁華の道程を辿ってきたとも考えられる。美玲を欲している可能性もあった。

へたり込んだ暁華の肩を優しく叩き、立ち上がる。

「暁華、あなたはここにいなさい。私たちは傑倫に会いに行きます」

「そうだな。お前さんが生きているって知ったら、話が複雑になる。大人しくしてろ。悪いようにはしないから」

「うん……」

泰然とうなずき合った。普段着だが悠長に着替えている暇はない。駆け足で二人、広場へと向かう。途中、砂漠宮の様子を視認してみたが、驚くほどに人気（ひとけ）がなかった。

「子どもたちは家屋に避難させてるってさ」

「それがいい。どう転ぶかわかりませんから」

「暁華を渡せって言われたらどうするよ」

「彼女には悪いですが、死んだことにします」

それがきっと、暁華のためになるとは口にできなかった。そこまで傲慢な考えを持てない。

広場に辿り着く。そこでは美玲を中心に、簡易な武装をした男女が天井を見上げていた。

「美玲!」

「……泰然様。それに俊耿様も」

美玲が厳しい面持ちでこちらを見る。数十名の群衆を掻き分け、俊耿は泰然と共に彼女の側まで近付いた。

「傑倫を呼ぶのか」

「はい。他の兵士様方には悪いことをしますけれど、ここで荒事は起こしたくありませんの」

「例の話をどうするつもりですか、あなたは」

「暁華様が望まないことは、無理強いしたくないですから。大丈夫ですわ、何をしにシゴウ砂漠まで来たかを問うだけですので」

美玲の微笑みに、俊耿は胸を撫で下ろした。

「皆々様も攻撃的になりませんよう、お願いしますわね」

全員に諭（さと）しつつ、美玲は台座の上にある水晶へと手を置いた。玉が緑に光り輝く。

「五行相剋（ごぎょうそうこく）たるは木剋土（もくこくど）。地を締め付け痩（や）せさせよ。粛々と」

唱えれば、大きな音が天井から響く。

俊耿の目線の先、蛇模様の天蓋が少しずつ、少しずつ砂を落としながら左右に開いていく。

砂塵は周囲の光にまたたいており、その中に一つの人影があるのを見た。

「五行相乗たるは木乗土（きじょうど）。満ち足りて萌えよ、しなやかに」

天井はすぐに閉じられる。一瞬、どよめきが聞こえた。砂漠にいる兵士のものだろう。

菩提樹から伸びた大きな蔦が、落ちてくる人物を優しく受け止めた。

短い黒髪をささやかな風になびかせ、鋭い銀の瞳で周囲を見渡す青年に、俊耿は覚えがある。十年前、自分を金冥から追放した男——帝である傑倫だ。間違いない。

傑倫が静かに地面へ降り立つ。

暁明鳥の羽毛でできたと思しき黄金の外套をまとい、腰に二本の環首刀（かんしゅとう）を携えた姿は威風に満ちていた。

「……ここは」

口を開いた彼は、驚く様子も見せずに目線をこちらへ——いや、美玲へと向ける。

美玲は一つ頭を下げると、笑うこともなく傑倫の視線を受け止めた。

「突然の無礼をお許し下さいませ、金冥の帝、傑倫様」

「なるほど。我だけが呼ばれたということで相違ないな、賢人の美玲よ」

「そのとおりですわ。兵士様方を驚かせたようで申し訳ございません」

「微細なことを気にする。……懐かしい顔があるな。久方ぶりというところか、炎駒の泰然。汝のことは剣技会で見て知っている。そして」

傲岸な顔付きで、傑倫が俊耿を見つめる。

「生きていたか、土鱗の呪痕士」

「ええ、お元気そうで何よりですね、金冥の帝どの」

俊耿が放った嫌味な言葉にも、しかし傑倫はなぜか柔らかい微笑を浮かべた。

しばしの無言ののち、笑みを苦笑に変えた傑倫がかぶりを振る。

「賢人よ、我は『霊胎姫』をもらい受けに来た。いるのであろう」

傑倫の声に、俊耿は周囲で怪訝そうな声が飛び交うのを聞いた。内心、焦る。

だが、その密やかな声を片手だけで止めたのは、美玲だ。

「おりません。わたくしたちも見つけていませんのよ、傑倫様」

しっかりとした返答に、それでも傑倫は肩をすくめてみせる。

「嘘はよくない。暁華であろう。虚ろ子のあれが『霊胎姫』ではないのか？」

「なんでそう思う、帝どの」

「泰然。シゴウ砂漠に汝らとあれが入った姿を、秀英が見た。その先はわからぬままだが。

しかしここは人知を越えた場所であるゆえに。そう、土鱗の技でできた、な。そこで護られていると考えれば、至極当然のことであろう」

小さく笑う傑倫に、俊耿は悪寒にも似た感覚に陥る。

「なぜ、この場所が土鱗のものであると思うのですか」

「わかるのだよ、我にはな」

答えにはならない応答をし、傑倫は腰から環首刀を抜く。真っ先に一歩、歩み出たのは泰然だ。

「剣でオレに勝てるとお思いか、帝どの」

「剣技で争おうとは思っておらぬ。だが暁華を出さぬのであらば……」

「待って！」

傑倫の言葉を遮ったのは、震えた暁華の悲鳴だった。

俊耿は思わず振り返る。走ってきたのだろう、彼女は遠目からわかるほどに青白い顔で、荒い呼吸を繰り返していた。

「暁華……」

「待ち侘びたぞ、暁華。金冥に幸をもたらすもの。こちらに来い」

暁華は何も言わず、衆人の視線をものともせずに中央へと近付いてくる。

そして、傑倫と相対するとにこりと微笑んだ。

「お久しぶり、兄様」

「うむ。お前も息災で何よりだ、暁華」

「……派手な服だね。暁明鳥の羽でできてるの？」

「装いを気にしているのか。まあ、そうだ。ここいらにはこやつらがよく出たのでな」

「そう」

彼女の顔から、笑みが消えた。恐ろしいほどの厳しい顔付きとなる。

「あなた、誰？」

暁華の問いに、俊耿も含め誰もが呆けた。

傑倫は――暁華と同じく無表情になる。

「あなたは兄様じゃない。兄様は鳥の過敏症だもの。羽なんかつけたら高熱を出す。それにあたしのことを暁華なんて名前で呼ばない。あなた……誰なの？」

俊耿ははっとした。そうだ、確か十年前。傑倫が帝に即位したときの話を暁華から聞いた覚えがある。「即位式で着る服を変えるのに大変だった」と――

「ふ……ふふふ」

突然、傑倫が哄笑した。おかしくてたまらない、というように腹を抱え、醜悪な笑みを浮かべる。

「そうか、こやつは鳥に嫌われておったか！　名前を呼ばぬというのも我の過ちよ」

だらりと腕を下げ、背中を丸めた傑倫の体。そこからまるで、さなぎから蝶が生まれ出るように一つの影が形を取る。

音を立てて地に倒れた傑倫のすぐ背後に、黒い影が人型となって現れた。

短くも黄金に光る短髪。白目は闇のような漆黒。それを彩るのは髪と同じ金の瞳だ。額の中央には、一本の小麦色をした鋭い角が生えている。

紫の袴から伸びた足、爪先が上がった白い靴で傑倫を容赦なく蹴り転がしたそれ――男は、肩をすくめた。傑倫は俊耿の足下まで横転し、ただ呻くだけだ。

「兄様！」

「こやつの体に入っておれば、なかなか上手い具合にことが進んだかもしれぬというのに。臣下は騙せても、さすがは腐っても兄妹（きょうだい）、というところであろうか」

「何者だ、あんた」

青龍刀の切っ先を向け、斜めに体を構えた泰然が聞いた、瞬間。男のおもてが歪む。

「下郎が！　身をわきまえよっ！」

「なっ……」

男が環首刀で空を薙いだ刹那、凄まじい突風が吹き荒れた。見えない空気で泰然が吹っ飛ぶ。

「泰然様っ」

美玲の上げた悲鳴をよそに、彼は青龍刀ごと地面に叩き付けられた。周囲は一気に殺気立ち、各々弓や短刀を掲げる。

「愚か。汝らを殺すなどたやすい」

鼻でせせら笑った男が指を鳴らした。

途端、傑倫が羽織っていた黄金の外套がせり上がる。一羽、一羽、また一羽と――暁明鳥の大群となって宙に漂う。

「皆様、逃げて！」

「遅いな」

男の指の動きに合わせ、鳥たちが住人たちを襲おうとした、直前。

「火よ、壁となれ」

俊耿は咄嗟に五行を繰り出した。巨大にうねる灼熱の壁が浮かび上がる。

数羽、飛び込んだ鳥が焼け焦げた。

「痕術は使えるか。ではこれはどうか」

男が笑う。楽しそうに、嬉しそうに。再び指を鳴らせば、鳥たちは水流へと姿を変えた。

「土剋水（どこくすい）！」

瞬時に俊耿は対応する。今度は住人たちを囲うように、堅牢な土壁を紡ぎあげた、が。

水の勢いは強く、突き出した両腕が震えた。脂汗が出る。鳥が変化したとは思えない濁流がぶつかるつど、体の内側が激しく殴打されていく感覚に陥った。

「皆様、今のうちです！ このものに対して勝ち目はありませんっ！」

「で、ですが」

「暁華様を連れて、早く奥へ！」

背後で叫ぶ美玲を、もっと後ろにいる暁華を振り返ることは、俊耿にはできない。気を散らせば壁は一瞬で壊れるだろう。それほどまでに強い力だ。

「俊耿、といったな、確か」

罅(ひび)の入った土壁の向こうから、男の声がする。

「藍洙(らんしゅ)はもう死したか」

その言葉で、たった一つの単語で、俊耿は男の素性を把握した。

「……宇航(うこう)」

「叔父貴(おじき)と呼べぬのか、半端者(はんぱもの)」

嘲笑の声音を響かせた男――いや、宇航は不意に水を暁明鳥へと戻す。金色の鳥を背後にはべらせたのを見て、俊耿はその場に片膝をついた。

息が苦しい。全身に現れた痕が発熱している。全力の痕術でも守備に回るだけで手一杯だ。一方の宇航は悠然と笑みを浮かべたままで、余力に満ち溢れていた。

それにしても、と回らない頭で俊耿は思う。

暁明鳥を操るなど、どんな痕術でも叶わない芸当だ。やはり土鱗の国のもの、特に王族に連なるものは、四ツ国の住人と異なる別の力を使うことが可能なのだろう。

（このままではみな、殺される）

最悪の想定が脳裏をよぎった。唇を噛みしめ、何とか立ち上がる。

背後を盗み見ると、十数名の住人たちがそれぞれ泰然や暁華を取り囲んでいた。

時間を稼ぐため、俊耿はなるべく冷静を装い口を開く。

「あなたはなぜ『霊胎姫』を欲するのですか」

「半端者に話す必要はない。……ふむ、ここにはもう一つ鳥の気配がする。それを使うか」

必死の問いかけすら一笑に付し、宇航は妙なことを言った。

はっとする。

鳥――泰然が胸につけていた、暁明鳥の羽。

「逃げなさい、暁華！」

「え……」

振り向き、叫んだ。目線の先にはもう、居住区から飛んできた巨大な暁明鳥が翼を広げ、暁華の元へと迫っていた。

「暁華を守れ！」

叫んだ住民たちが矢を放つ。しかし鳥は素早くそれらを躱（かわ）し、人々の中央にいた暁華の肩を掴む。そのままやすやすと彼女の体を持ち上げた。

「いやっ、離して！」

「暁華っ」

「五行相乗（ごぎょうそうじょう）たるは木乗土（きじょうど）。満ち足りて……きゃっ」

「邪魔はさせぬ」

宇航が環首刀を投げ、美玲の手にあった水晶を粉々に砕く。かけらがきらめく中、ふわりと体を宙に浮かせて彼は高笑いをあげた。

「手に入れたぞ、『霊胎姫』！」

「やだ、離してっ、降ろしてっ！」

鋭い爪で肩を握られているためか、暴れることもできず暁華は苦悶のおもてを作っている。

俊耿も動こうとした。だめだ。走り寄ろうにも、疲労で足が言うことを聞いてくれない。

「これで我が願いは成就する！　下郎ども、震えて滅びと土鱗の復興を待つがいい」

「俊耿、俊耿っ」

名を叫ぶ暁華の体が、暗緑色の霧――夜霧に包まれていく。

俊耿は手を伸ばした。届かない。側にいるのに、届くことはない。

歯噛みしながら震える足に力を込めて駆けた刹那、暁華は消えた。暁明鳥を引き連れた宇航も、また。

騒ぎも呼びかけも、何も聞こえない。

俊耿は脱力し、両膝をついたまま二人が去った場所を見つめる。

（暁華）

腕が、落ちる。

（暁華、暁華……暁華！）

暁華の笑顔や泣き顔、たくさんのおもてが脳裏に浮かんで消えた。

唇を噛み、拳を地面へと叩きつけた。

（この程度の力量で、何が呪痕士だ……）

はじめて心から自分の身を、呪った。

第五章　夜は黎明と共に

泰然は打撲程度で軽傷だった。体を乗っ取られていた傑倫は、数刻の間熱を出していたが、今は話せる程度には回復している。他の住民にもほとんど被害は出なかった。『霊胎姫』がどのような存在であるのか、美玲から住人への説明はまだされていない。それでも暁華がさらわれたことに、皆は心を痛めているようだ。

宇航が連れていた、騙していた金冥の兵士たちも無事だった。砂漠宮へと彼らを呼んだのは、美玲の指示でもある。ここにはどうやら秘密の通路があるらしい。そこを通り、住人たちは出入りをしていると説明を受けた。

「悪い」

薬を渡しに美玲の部屋までおもむいた俊耿へ、牀褥に寝ていた泰然が謝罪してくる。

「話は美玲から聞いてる。オレがもっと強かったら」

俊耿は何も言わず、粉薬が入った包みを台へと載せた。

「暁華、さらわれたんだな」

泰然のささやきに、指が一瞬、ぴくりと動く。

鬱屈とした気持ちになった。どうにもできなかった無力感。宇航を前にして、やすやすと暁華を連れ去られた事実。怒りと嘆き、絶望がない交ぜになって自分の胸を穿つ。

「あいつは何者なんだ？　あんたの知り合いか」

「……土鱗の国の王族、宇航。私の叔父に当たる男。まさか生きているとは思いませんでした」

吐息に獣脂の明かりが揺れる。火が消えかけていたのに気付き、ささやきだけで再び炎を灯した。

「やっぱ強いな。暁明鳥を操る真似までするなんて、どの五行にも属さない。不思議な力ってやつか。あいつは何をもくろんでる？」

「滅びを待て、とまでは言い放ちましたが、具体的にはわかりません」

泰然が唸るように口をつぐみ、会話をやめた。

何も考えたくはない、と俊耿は思う。こうして医者としての務めを果たしているのは、動いている方が楽だからだ。手を動かし、負傷者たちの元へ足を運ぶことで思考を放棄している。

粉薬を置いて、振り向きもせず呟いた。

「薬は一日に三回。その分をまとめておきました」

「あんた、このままでいいのか？」

泰然の疑問に何も言わない。言えない。話すことすら億劫で、体が重かった。

「もしかしたら暁華が死ぬかもしれないんだぞ」

「そんなことはわかっています！」

苛立ち混じりの大声が出た。泰然の方を向き、どうにもならない気持ちをぶちまける。

「私に何ができると？　半端な力しか、痕術しか使えない私に、暁華が救えると思いますか。宇航の力はあなたも知っているでしょう。私は、私には彼女を助ける手立てもない……！」

「俊耿」

痛ましい顔で泰然が目を細めた。それすら不愉快に感じ、俊耿は机を拳で叩く。

「何が呪痕士だ。例え痕術を使えたところで宇航には通じない。彼らがどこへ行ったのかもわからない。助けたいのに、暁華を救いたいのに！」

唇を強く噛み、肩で息をする。ここまであけすけに怒気を表したのは、はじめてだ。

悔しかった。虚しかった。今の自分はただの男だ。慕情を抱いた女も守れない、無力な男。

「少し安心した」

唐突に泰然がぽつりと漏らした。

意味がわからず、俊耿がただ彼を睨み付ければ、彼が上体を起こし苦笑を浮かべているのが見えた。

「あんた、ちゃんと人間なんだって思ってな。最初会ったときはこう……生きた氷みたいな感じがしたからさ」

「……だとすれば、私を変えたのは暁華です」

「そうだな。あんたが諦めなきゃきっと暁華は救える。だろ、美玲」

「わ、わたくしがいること、わかってましたの?」

扉が開き、赤い顔をした美玲が部屋へ入ってくる。彼女の手には包帯があり、どこか落ち着かない様子だ。

「別に、泰然様が気になったというわけではないのですわ。俊耿様がいらっしゃると聞いて」

「へいへい。照れなくてもいいっての」

「照れてませんの。あ、あなたの心配なんてしてないのですわ」

「美玲」

うつむいたまま包帯を机に置き、爪先を鳴らす美玲に、俊耿は口を開いた。

「あるのですか、暁華を救う手立てが。あるならば教えを請いたい」

「……まだ、俊耿様に話してないこともございます。望むのであらば、全てお話しますの。わたくしが知ったこと、知ること、その全貌を」

ただうなずいた。真実を得て暁華を助けられるならば——そう思いつつ。

美玲が近くの本棚から本を取り出した。古文書ではなく、糸で綴じられた素朴な書物を。

椅子を勧められて腰かける。泰然も牀褥（しょうじょく）から起き上がり、話を聞く体勢をとっていた。

「これは日記ですの。わたくしに降りた天啓と、土鱗の伝承をまとめていますわ」

「あなたがはじめて天啓を得たのは?」

「十歳のときですの。怖いほどにおぞましく、怨嗟に満ちた思念は、どの賢人にたずねても覚えがないらしく……そこで思ったのです。わたくしが読み取ったものこそ、夜霧の本性ではないかと」

「確か前、『霊胎姫』の話をしたときに言いかけてたな、お前さん。夜霧は何か、って」

泰然の言葉に、美玲は辛そうに瞳を伏せる。

「夜霧の正体は……四ツ国の面々によって殺された土鱗の帝、連杰ですわ」

ぽつりとささやかれた単語に、俊耿はつい、けわしい目付きとなった。

母の藍洙からも聞いたことのない名前だ。だが、連杰という存在が帝であるとするなら、その存在、夜霧はすなわち自分の祖父ということになる。

ぞっとし、二の腕をさする俊耿を見つめて美玲は続けた。

「表の歴史から抹消された名前。存在をなきものとされたもの。誰にも知られず消えていった帝は、四ツ国を憎んでいますの。夢魔を生み出すのも、この島全てを滅ぼすため」

「……仔静は言いました。天啓を口にしたものを夢魔は殺しにくる、と。賢人たちになぜ天啓が降りるのですか？　自らの正体をさらすような真似を、なぜ」

「存在の認知。夜霧にはもう、恨みや怒りしかありませんの。忘れられたくない、わたくしたちへ忘れてはならないと知らしめるため、自分のことを思い出させているのだと思いますわ」

「それでいて口にしたやつは殺す、か。矛盾してるな」

「夜霧に理性はないのです。無作為とした怨念ほど、恐ろしいものはありませんわ」

嘆息する泰然に、美玲は小さくかぶりを振るだけだ。

「宇航は滅び、そして土鱗の再興を待て、と言いましたが……暁華を使って何をしようとしていると思いますか」

「土鱗の伝承を紐解くと、夢魔の元になった存在がおりますの。名は——盤古。混沌の源となった巨人。天乃四霊を呼び起こし、盤古と呼ばれたそれにより陰の気をまとわせる。すなわち土鱗の国で四霊を闇におとしめ、痕を持つ全ての人々の無力化をたくらんでいるのかと」

「盤古、ねぇ。それも中央大陸から持ってきたってやつか？」

「土鱗の古人たちによれば、崇拝の対象だったようですけれど……詳しいところまでは。元々の巨人の一部を、宝玉と変えて持ってきた、とだけ」

美玲の説明を聞き、俊耿は目をつむる。

夜霧が祖父、連杰であることはどうでもよかった。正直、見知らぬ帝に思いを馳せるには余裕がない。頭の中は暁華でいっぱいだった。唯一まともに自分を見てくれた、温もりをくれた娘のことしか考えられないのだ。

「暁華は、天乃四霊を呼び出す方法をもう、知っている」

「はい。古文書を見せてしまいましたの。書かれたものを読んだなら……理解していると思いますわ」

申し訳なさそうに呟く美玲を、瞼を開けて見つめた。

彼女を責める気は毛頭ない。問題は、ただ一つ。

「私でも、宇航のたくらみを阻止することは叶いますか」

宇航を止め、暁華を救い出す手立てがあるか。それが一番の懸念であり、疑問だった。

美玲は問いにうなずき、日記を数枚めくる。

「一つだけ、もしかすれば、と考えることがありますの」

「それは一体」

俊耿が思わず身を乗り出したときだった。

「無駄な議論は不要だ」

無作法に扉が開き、冷徹なほど強張った声が部屋に響く。

靴を鳴らし、入ってきたのは――

「あれを殺せば問題ない。宇航とやらのたくらみも叶うことはないのだから」

「……傑倫」

苦い顔付きをした、金冥の帝だった。

すねを縛った白い幅広の袴、金糸で複雑な模様が描かれた赤地の袍(ほう)という出で立ちの帝――傑倫の顔は、少しほてっている。まだ熱が完全に下がっていないのだろう。

彼は笑うこともせず、室内にいた俊耿たちを冷ややかな目線で貫く。

「金冥に幸をもたらさないのならば、もうあれに用はない。どのみち虚ろ子という存在。

生き残れば国の恥にもなる」

あまりにも非道な言い草に、俊耿は薄く笑った。嘲りと怒気を込めた笑みが自然と浮かぶ。

「毒でも盛って殺しておけばよかった」

「無理だな。薬も茶も、食事も毒味をさせている」

壁に寄りかかり、こともなげに言う傑倫に胃のむかつきと苛立ちをはっきりと覚えた。帝という立場だ。日々、当然のように行っている行為なのだろうが、実に腹立たしい。

傑倫が大きく嘆息する。何を嘆いているのか、俊耿は知らないが。

「あの宇航という存在に体を乗っ取られ、半年。どうやら最初からあれに目をつけていたようだ。おかげでまつりごとも疎かになり、今は国中の民が苦しんでいる。全てがあれのせいだと思えば苛立ちも募るというもの」

「性格の悪さは昔から変わらずのようですね、金冥の帝。少なくとも暁華は、あなたがあれ呼ばわりする人間は、『霊胎姫』としてみなを救おうと決意していました。その部分は帝たるあなたと何も変わらない」

「暁華様が？」

美玲に首肯する。軽く目を見開いたのは、傑倫だ。

「金冥に戻るためでもない。自らの寄る辺のためにという私情ではなく、ただ、誰もを思う優しい心が暁華にはあった。彼女を殺そうとするのであれば、今ここで……」

「知っている」

はじめて、少しばかり声を震わせた傑倫が天を仰ぐ。

「あれは優し過ぎる。王族として甘過ぎた。お前を禁忌の宮から出そうと父にかけあっていたことすらあるのだ。その事実、兄の自分が知らずと思ったか」

顔をしかめ、再び俊耿を見つめる傑倫の言葉につい、口をつぐんだ。

重苦しい空気を裂いたのは、泰然だ。

「帝どの、本当に暁華を殺すのか？　宇航を止められるなら、そっちでもいいだろうさ。元凶はわかってる。なら、大元を叩くべきだとオレは思うんだがな」

「傑倫、あなたがどういう行動に出ようと私は暁華を救います。宇航を止める手立て、それがあるのでしょう？　美玲」

「……はい。可能性はまだございますの」

チッ、と小さく舌打ちをする傑倫は、それ以上反論することをしなかった。

無言になった彼をおき、美玲がまた、俊耿と泰然の二人を見渡す。

「五行に属さない術が、まだ四ツ国では使われていますの。当然のように」

「そんなもんあったか？　普通に痕術を使うだろ、一般的には」

赤毛の頭を掻く泰然は、疑問で首を傾げていた。だが、俊耿にはわかる。

日常の中、溶けこむようにしてある存在。しかし五行のどれでもないもの。それは――

「光。光源士（こうげんし）ですね」

俊耿の指的に、美玲は薄く微笑んだ。

「さすがですわ、俊耿様。そのとおりですの。刀剣を媒体に、自らの命を削っては輝くもの。この術だけはどの五行でもありませんわ。それが切り札となりますの」

「言われたら確かにそうだな。光ってのはどういう理屈で使えるもんなんだ？」

「土鱗の古文書には『光は呪い』とありましたわ。古代、土鱗の国では禁忌とされた術だとか。王族の中でも使えるものがいたそうですけれど、寿命を縮めることから禁術とされましたの。四ツ国に散らばった古人たちの血を引くものこそ、今の光源士と考えれば」

「光の術が切り札と言うのは、具体的にどのようなものなのですか」

「……あの宇航という方が土鱗の王族ならば、術の媒体である刀剣を体に押し込み、共に光となること。それで命を削ることが可能だと推測できますの。ただ、生半可な使い手では……」

「宇航は現在、二百歳程度だと考えられます。ぎりぎりで生きている。削りきることも不可能ではない」

美玲の説明に、俊耿は顎に指を添えた。

光ならば、自分も扱うことが可能だ。媒体がなかったために今まで試したことはないが、ちょうど持て余していた余命がここで役立つとは思わなかった。

例え死しても。宇航と相打ちになろうとも、暁華を救う。

心の中で強く、改めて決意し、唇を開いたときだ。

「秀英、これがわかっていたな」

　不意に傑倫が呟いた。

　視線をやると、相変わらず壁に背を預けたまま、苦々しい顔をした彼と目が合う。

「……金冥の賢人は、帝である自分にたてついても光源士を多く連れていけ、と言った。宇航はそれを嫌悪していたようだが、砂漠が目的ならば連れていかぬわけにもいかなかった。怪しまれぬように、と賢人の言葉を受け入れたのがやつの間違いだったな」

「傑倫」

「賢人、秀英がどこまで天啓を得ていたのかは知らん。だが、連れてきた兵の大半は光源士だ」

「戦う気があるのか、帝どの。暁華を救うために」

「それはまた別だ。だが、やつを倒せば金冥の名は上がるだろう。それに、あれを助けたいと思う間抜けはそこにいる」

「あなたの目的は宇航。私の目的は暁華。利害が一致しましたね」

　再び舌打ちし、渋々といった様子で傑倫がうなずいた。

「一つ聞く、呪痕士。お前にとってあれは、一体なんだというのだ」

　傑倫の問いに俊耿は微笑む。暁華の笑顔を思い出し、優しい笑みが自然と浮かんだ。

「大切な寄る辺です。誰よりも、何よりも守りたい私の拠り所」

　対する応えはなかった。

ただ、先程とは違い呆けたような傑倫の表情は、どこか大切な彼女を連想させた。それもすぐに、苦み走った顔付きへと様変わりしたが。

衣の袖を大きくひるがえし、傑倫が一歩大きく踏み出した。扉へと向かって歩き出す。

「帝どの、どこへ行かれる」

「宇航を討ちに」

「お待ちを、傑倫様。この聳木、シゴウ砂漠から中央の土鱗までは距離がありますわ。兵士様方を疲労させては元も子もございませんの」

「……それに対する方法すら、美玲、お前は手に入れているというのか」

傑倫は首だけで俊耿たちの方を見る。忌ま忌ましい、と言いたげに。

美玲は傑倫に答えず、俊耿と泰然を見て微笑んだ。ゆっくりと椅子から立ち上がる。

「わたくしとて、無駄に土鱗の術具を使っているわけではありませんわ。上から攻め入っても夢魔が多く出るはずですの。消耗は避けたい、そうお思いでは？」

「なんか方法があるってのか？」

「上から行けないのならば、地下を通るだけのことですの」

意味ありげに笑う美玲を見て、俊耿は泰然と顔を見合わせた。

※　※　※

俊耿の家から少し遠くで、兵士たちの歓声が聞こえる。あてがわれた部屋の中、休息をとりつつ傑倫の鼓舞に耳を傾けているのだろう。砂漠宮の住人たちも兵や馬に食事を持っていったりと、せわしない様子を見せていた。

美玲のとりなしで、傑倫は宇航がいる土鱗へと出陣するのをやめた。彼女いわく、通常馬でも三日はかかる距離の土鱗まで、今いる場所から半日で行くことが可能らしい。

決戦は明日。一般的に、光源士が藍色の光から朝を示す橙の光に変える頃を見計らって、移動を開始するという。

（美玲を疑うわけではないが、どのような秘策があるというのか）

俊耿は、紅翼（こうよく）が持ってきてくれた食事に軽く手をつけたのち、鞄から取り出した短刀を眺めて思案する。自分の顔が、欠けた刃（やいば）の表面に映っていた。

寂しそうなおもてだ。事実、胸に穴が開いた気分に苛まれている。

いつもなら、すぐ側に笑ってくれる暁華がいた。表情をころころと変え、一日何があったかを面白おかしく話してくれる彼女がいた。

だが――今はただ、とてももの悲しい。

暁華がいないだけで心が苦しかった。長年孤独と共に生きてきて、独りには慣れていたはずだ。だというのに、彼女の存在はすでに俊耿にとって、欠かせないものとなっている。

「寄る辺」

二階のがらんとした室内に、自分の声だけが大きい。

傑倫に述べたこと、彼女が俊耿の心の拠り所となっているのは事実だ。暁華がいるならどこへだって行ける。誰もいない森の奥だろうと、深い川の中だろうと、夜霧の中だろうと。

だからこそ彼女を救いたい。暁華と共にありたい。否、命を落としても愛しい彼女だけには、どうか微笑んでいてほしい。

なのに、手が震える。無意識のうちに死を恐れている自分がいた。

「……この短刀は媒体になり得ないか」

嘆息し、刀を机の脇に置く。

光の術を使うには精神力と体力、そして天乃四霊をかたどった刀環つきの刀が必要だ。来訪した兵から借りようか、とも考えたが、呪痕士である自分はきっと忌避されているだろう。傑倫が許可を出すとも思えない。

寝る前に美玲の下へ行き、媒体となるものを貸してもらうべきか——そう思い、椅子から立ち上がったときだ。

下から、控えめに扉を叩く音がした。

「俊耿兄ちゃん、おれ。恩（おん）」

「恩?」

届いた声にいぶかしむ。今は夜更けだ。こんな時間に子どもがなんの用で来たのだろう。

一階に降りて扉を開けると、布の包みを持った恩がこちらを見上げていた。

「どうしたのですか。どなたか急患ですか?」

「違う。渡すものがあって」

言って、彼は包みを捧げるように押し出してくる。

「これは……」

黄色い布を開き、目を見張った。刃渡り約一尺はある環首刀(かんしゅとう)だ。

金色をした円形の刀環には麒麟(きりん)が精緻に彫られており、まっすぐとした刃部分には欠けすらない。柄には獣皮が巻かれている。

確かこれは、宇航が水晶を砕いた際に使ったものではないだろうか。

「なぜこんなものを持っているのです」

「ほら、おれ、鍛冶屋の師匠に世話になってるだろ。その師匠が拾ってて。最初はあの赤毛にやろうと思ったけど、なんかやだから俊耿兄ちゃんへ渡しに来た」

「あなたは泰然のことが嫌いですか?」

泰然のことを未だ『赤毛』と呼ぶ恩に、つい苦笑が漏れた。

恩は難しい顔をしつつ、そばかすのできた鼻をひくりと動かしながら口を開く。

「俊耿兄ちゃんや暁華姉ちゃんのことは、好きだよ。暁華姉ちゃんは怒ると怖いけど。でも、いつも遊び相手にもなってくれた。赤毛は……美玲様を苦しめてるから」

「恩。私も以前は暁華に辛く当たっていたのです。あなたももう少し大人になればわかりますよ。苦しさや辛さ、その裏にあるものが」

「……そうかな」

唇を噛みしめる恩へ、俊耿は腰をかがめて頭を撫でた。恩の瞳には涙が溜まっている。

「俊耿兄ちゃんも戦(いくさ)に出るんだろ？　暁華姉ちゃん……無事かな」

「必ず救い出します。そのためにこの刀剣は使いましょう。ありがとう、恩」

「ん」

乱雑に服の袖で顔をぬぐい、少年は無理やりにだろう、それでも笑った。

「もう夜も遅い。家へ戻りなさい」

「わかった。お休み、俊耿兄ちゃん」

うなずけば、恩はネズミのようなすばしっこさで住宅区の方へと戻っていく。

「行ったか、あいつ」

恩の背中が消えたと同時に、聞き慣れた声が響いた。横を見ると、いつの間に隠れていたのだろうか。泰然が建物の陰から姿を現す。

「あなたも恩とは顔を合わせたくないようですね」

「別にそんなんじゃないけどな。……少し飲まないか。老酒がある」

「構いません。どうぞ、中へ」

小さな酒壺を掲げた泰然へ苦笑を浮かべ、自宅へと案内した。

彼は自分と同じく普段着だ。服の合間からは包帯が覗いている。

「体の方はどうですか」

「青龍刀をぶん回してもいいくらいに回復してる。あんたの薬、よく効くな」

「無茶はなさらず。……次の戦では、私は医者としての参加はしないつもりですから」

青銅の酒器を二つ用意し、椅子に座った泰然の前に置いた。正面に腰かける。恩からもらった環首刀を机の端に載せれば、酒を注ぐ泰然が目を細めた。

「人を殺したこと、あるか」

「いいえ。私は医者です。救うことはあっても、殺害したことはこれまでにない」

「刀剣の使い方に慣れてるってわけでもなさそうだな。策は？」

俊耿は何も答えず、酒器を傾けて琥珀色の液体を嚥下した。独特の香りが鼻を突き抜ける。

「策というほどでもないですが、私にはまだ、五十年分の寿命がありますので」

「相打ちで死ぬ気か」

「……死は、身近なものだと思っていました。どこへ行ってもまとわりつく影と同じようなものだと。正直なところ、あなたたちと旅をしているときも、犠牲になることすら考えていた」

眉をひそめる泰然に、器を手でもてあそびながら苦い笑みをこぼした。

「ですが今は……少しばかり、恐ろしい。宇航を殺すことにためらいはありません。暁華を救うためならば、とも思う。それでも私が死に、彼女の記憶からいなくなると考えると」

「共に生き共に死ぬ。そりゃ立派な恋で、愛だ。そんな二つを抱いてるなら死を恐れるのは当然のことだろうさ。あんたはようやく、今を生きはじめてるってところだろうな」

笑いつつ、泰然は豪快に酒をあおる。

二杯目を注いでもらい、俊耿は少しばかり考えた。

生きていたい。暁華を無事に救い、彼女と共にありたい。死への恐怖を呼び起こすまでの思いはとどまることを知らなかった。

「……あなたはどうなのです。美玲とは、上手く？」

胸を穿つ気持ちを抑え、話を変えれば、彼は声を大きくして笑う。

「ああ。やっぱりあんたの言うとおりだった。オレを巻き込みたくないから逃げたんだと。

笑わせるよな。オレがどれだけあいつを好きかわかっちゃいないんだ」

「彼女もあなたに好意を寄せているようですが」

「ん。だからこの戦が終わったあとは、とっととオレに抱かれろって言っといた」

「心の準備をさせないのですね」

「十分させてたさ、今まで。夜這いしないだけ理性を保ってるだろ？」

にやりと口の端をつり上げる泰然に、曖昧な笑みを返す。

同時に思った。もしかすれば、彼は美玲の下に行くことを我慢するため、自分の家へおもむいたのではないかと。

それでも構わない。泰然と話すことで気持ちが幾分か落ち着いた。手の震えも収まっている。男同士、腹を割って会話するのもいいものだ。

「ところで肴、ないか？」

「余りものですが、干し肉があります。それで我慢して下さい」

辺りを見渡す泰然の言葉に、俊耿は立ち上がって庖厨側の戸棚を開いた。紅翼が持ってきてくれたものだが、ほとんど手をつけてはいない。

皿を出すと、遠慮なく羊の干し肉を指でつまんだ泰然が、再び笑った。

「今日は朝まで付き合えよ、俊耿」

「ええ。老酒で酔うほどやわではありませんので」

「言ったな」

三杯目の酒を注いでもらい、二人で酒器を傾ける。美味いと感じると同時に、虚しさが少し緩和されているようだ。

ここに暁華がいたなら、どんなに幸せだろうか。

幸福のため、命を賭けること。二人で生死を共にすること。その二つの感情を得て、今、はじめて自分は生きている。なかったはずの生への執着。愛。思い。ひりつくような酒精に似た感覚は、士気を高揚させるに充分過ぎた。

（必ずあなたを取り戻す。どうか無事で、暁華）

　ここにいない愛しい存在を脳裏に浮かべながら、机の脇にある環首刀を見る。

　獣脂の明かりにきらめくそれを握り、振りかざす自分を想像してみた。光の術を使う姿も。医者をしているときよりも遙かにしっくりきて、酒器で隠れた唇を歪めた。

　呪われた生まれの自分には、きっとふさわしい行為だ。人を、親類を殺すという事柄は。

　——刀は心中の思いに答えず、ただ静かに輝いている。


　土鱗の国。他四国に囲まれた、巨大な湖の上に浮かぶ亡国に行くため美玲が使った手は——俊耿たちにとって驚きのものだった。

　砂漠宮の中枢、祠堂（しどう）の中にあったのは『地中を移動するすべ』だったからだ。

「夢魔にも誰にも悟られることなく、今まで砂漠宮の内部を作っておりましたわ。それも全て、ここを地下深くに置き、移動させてきたからこそできたことですの」

　なるほど、と俊耿は美玲の言葉に一人納得する。長年、彼女は住人たちを増やすと同時に土鱗の術具や古文書を収集し、ひっそりと内部を改築していったのだろう。

「今は五行の力を強く操れるものが交代で、この宮を動かしておりますわ。もうすぐ着く、と思っていただければ」

「なるほどな、言葉の通り地下を行く、か」

　青龍刀の柄で肩を叩く泰然に、美玲は真剣な面持ちでうなずいた。

「本来でしたら、傑倫様と連携をとるべきだと考えていましたの。ですが」

「傑倫が協力するとは思えません。目的が違う」

「こっちは暁華の救出が主だ。あちらさんに交ぜてくれといっても、はねのけられるのがオチさ」

「一応、わたくしたちも戦えるもので、光源士などの精鋭は揃えておりますけれど……」

ちらりと、美玲が祠堂近くの広場を見た。

宮の中央にある広場では、武器を携えた光源士をはじめとする住人が十数名ほど、厳しい顔付きをして待機している。彼らは協力者だ。暁華を救うため、戦うことを決意してくれた。

「私たちは私たち。帝に媚びへつらう必要はありません。あとは、作戦どおりに」

俊耿が言えば、美玲は重い嘆息を漏らした。

作戦とは、こうだ。

傑倫たち金冥の兵士と夢魔の攻防にまぎれ、俊耿らは隙を見て砂漠宮から土鱗に降り立つ。その後、美玲の号令と共に砂漠宮を地下へと避難させる。ただ、それだけだ。

さすがの俊耿も土鱗の国の内部は知らない。地図もない。戦いながら暁華と宇航を見つけるためには、金冥の兵士を利用するしかなかった。

美玲は当初、俊耿たちと共に戦うことを望んでいたが、砂漠宮がなくなれば撤退もままならない。彼女の指示は不可欠だ。ゆえに後方支援となった。

「どうかご無事で。ご武運をお祈りしてますの」

「安心しろって。お前さんを抱くまで死なないから」

「なっ……」

美玲の頬が、一気に朱に染まる。

視線を逸らし、何やらもごもごと呟く彼女をよそに、革帯(かくたい)に差した環首刀へと俊耿が手をかけた——そのとき。

「美玲様！　水の気が多くなりました！」

紅翼が祠堂から出てくる。俊耿たちはうなずき合った。

「傑倫様に一報を。戦う準備をして下さい、皆様」

美玲の声に、揃った住人たちが各々、武具の確認をする。紅翼は、傑倫たちがいる大樹側の入口へと走っていった。

「ここからわたくしは支援に回ります。泰然様の指示をよく聞き、行動して下さいませ」

住人たちは凛々(りり)しい顔で首肯する。

「何か一言、彼らに声をかけてはどうですか」

「柄にもないことさせるなよ」

俊耿の言葉に、泰然は苦笑しつつ頭を掻いた。

「そうだな。一つあるとすりゃあ」

一斉に、準備を整えた面々が泰然を見る。自分の主人だと言わんばかりの視線で。

「……オレたちは別に、四ツ国を救おうとしているわけじゃない。暁華が特別だから。そんな理由であいつを助けようとは、してない」

円陣になった彼らを見渡し、淡々と語る。

「余計な正義感なんて捨てろ。英雄気取りもやめろ。この戦いは、オレたち二人のわがまだ」

「わかってますよ、泰然さん」

声を上げたのは、弩を持つ青年――嵩だ。

「俊耿先生と暁華に、母の火傷をよく診てもらいました。世話になった。その礼を返すだけです」

「腰痛のときも助かったね。爺さんの話し相手にも、暁華ちゃんはなってくれてたな」

「うちのかみさんもさ。ことあるごとに二人を見習え、の一点張りで」

こぞって声を上げて笑う彼らに、俊耿は思わず目をまたたかせた。

自分たちを気にかけてくれる人がいる。行いに、恩義を感じてくれた人がいる。

それは今までに感じたことのない、新たな温もりとなって胸に染み渡った。

「……ありがとう、皆さん」

温かさを噛みしめ、頭を深々と下げる。泰然がにやりと笑い、肘で腕をつついてきた。

二人で顔を見合わせ、微笑する。

直後、美玲が大きく手を鳴らした。

「これから宮を浮上させますわ。皆々様、どうかご武運を」

全員が首肯する。俊耿は見た。全員のおもてにあるのは仔静(しせい)が抱いていたような諦めではなく、必ず生きて帰るという気概だ。

「金冥側、準備ができたそうです！」

紅翼の大声をかき消すように、背後では兵士たちが歓声を上げている。轟音にも近い大勢の声は、砂漠宮の空気をびりびりと震わせた。

「……砂漠宮、土鱗へ浮上！」

美玲の言葉と共に祠堂が輝く。赤、青、黄、白、黒――色とりどりの光が螺旋(らせん)を描き、壁や天井に描かれた蛇模様を照らした。

途端、胃を持ち上げるような浮遊感が俊耿の体を襲う。不思議なことに轟音はしなかった。揺れも少ない。

俊耿は後ろを見た。歩人甲(ほじんこう)を着こんだ騎馬兵に守られ、中央で上を睨み付けている傑倫がいる。

天井から砂の粒がこぼれた。金冥の軍が乗る巨大な石垣、それがせり上がっていく。蛇のごとき模様がまたたいて、上部の中央が勢いよく開いた。

開け放たれた空に浮かぶは、夜霧――

「光源士、光を灯せ。出るぞ！」

傑倫が攻勢をかける。斥候(せっこう)は使っていられない。いつ暁明鳥が、夢魔が、砂漠宮に入ってくるかわからないためだ。

光源士たちが灯す明かり。白いまたたきはまるで光の渦だった。渦に囲まれ、傑倫たち本軍も砂漠宮から飛び出していく。一度も、俊耿たちを見ることはない。

「オレたちはもう一つ、別の道から行く。それでいいな？　俊耿」

「ええ、構いません。そちらの方が相手の虚を衝くことができると思いますから」

俊耿は泰然に言い、美玲へうなずく。彼女は声を張り上げた。

「入口を閉鎖して下さいませ」

剣戟の音が遠くから聞こえる。光源士の灯す明かりが、夜霧をむしばむように強く輝いた。夢魔たちの唸り声、人の咆哮と悲鳴。

それらを見聞きしながらなお、美玲は臆（おく）することなく非情な命令を下した。

天井が閉まり、何もが聞こえなくなる。次は俊耿たちの番だ。

「んじゃ、行くか。いいか、四人一組になって行動しろ」

「おう！」

頼もしい応答と共に、俊耿一派は駆け出した。目指すは入口横にある運搬用の出入り口だ。美玲の術によってだろう。通路に張り付いていた木の根が次々と、上下へ姿を消していく。

細かな彫刻が施された木造の門。それもまた、左右にゆっくりと開いていった。

その先に満ちるのは、夜だ。心なしか夜霧の濃さが強いように俊耿は感じた。

だが、躊躇せずに走り続ける。交戦の音が響いてきてもなお、恐れることがないように。

宮から飛び出した俊耿が見たのは、瓦礫の山と腐臭を漂わせる沼地だった。

あちこちに見知らぬ紫の草葉が生い茂り、それらは金冥の兵士が灯す白い光に照らされている。生臭く、強い風に吹かれ、音を立てる葉は不気味としか言い様がない。水分が多い地面は歩くたび、粘着質な感触を足に伝えてくる。

そこら中に転がる石や煉瓦をよく観察すれば、砂漠宮と同じ、蛇らしき紋様が刻まれているのがわかった。

夢魔は、いる。どこよりも濃い夜霧の下、傑倫が率いる兵たちと交戦中だ。

背後で微かな音がする。振り返れば、砂漠宮が地中に戻っていくのが見えた。仲間の一人が石灰石で瓦礫にバツ印をつけている。負傷者を宮に戻すときの合図や段取りは織り込み済みだ。

ようやく暗闇に目が慣れてきた。とはいえ、光源がほとんどないため凝らして見なければ先の様子もわからない。

「どうだ、俊耿。あいつの気配を感じるか」

「試してみましょう。少しだけ時間を下さい」

泰然に言われ、俊耿は目をつむる。集中し、宇航の居場所を探ってみる。

混沌とした気が、直線上の道の先にあった。五行とはまた違う、どこか母の気配を思わせる何か。同じ血筋でしか感じ取れない感覚が、体の中で渦を巻く。

「この先、直線。一里もありません。そこに宇航と思しき感覚があります」

指を差した。今のところ、道には紫のヤナギと藪が生い茂っているだけで、夢魔の姿は見受けられない。

「夜目が利く俺たちが先を行きます」

数人が小声で告げた。俊耿と泰然はうなずく。

岩場や瓦礫に隠れるようにして、風のように走った。ぬかるみのある地面に足をとられないよう慎重に、それでも素早く、先へと。

恐ろしいほど順調に進む。金冥の軍へ全ての戦力を注いでいるのか、それともまだ何か、宇航は隠しているのか。俊耿には後者のように思えてならない。

袴を、靴を汚すこともいとわず、気を引き締めながら道を行く。しばらくすれば、石畳で舗装された広間へと出た。

折れた円柱が沼に突き刺さっている。破壊の限りを尽くされた壁は積み上がり、灰色の苔(こけ)にむしばまれていた。辺りに咲く紫紺の草花からは不快な香りがする。

「なんかここ、造りが違うな」

「ええ。もしかすれば、中央大陸仕様の宮だったのかもしれません」

泰然の言葉に首肯した、そのときだ。

ぴゅーい、と聞き覚えのある鳴き声が、響く。

「暁明鳥……！」

全員が一斉に武器を構えた。

天を仰げば、夜霧の中でも色鮮やかな鳥の群れが、こちらへと滑空してくるのが見える。旋回した暁明鳥は、数十羽はいるだろうか。金糸にも似た尾をなびかせ、群れが次第に一つの塊となる。巨大な両翼を広げ、俊耿たちの前へ立ち塞がるように着地した。

紫紺の瞳に宿るのは、明確な殺意だ。くちばしを開き、暁明鳥は今までの鳴き声とは縁遠い咆哮を放つ。伃静を殺した夢魔、その声に少し、似ている。

「光を！」

青龍刀を両手で握り締め、泰然が叫んだ。

光源士の数人が白い光を放つ。まばゆい輝きはしかし、暁明鳥を怯ませるには至らない。

「気をつけて下さい！　これは夢魔とは違う」

俊耿も声を張り上げた。

元々生息していたとされる生命を、宇航がなんらかの力で操っているのだ。夢魔に効果的な光も、もしかしたら五行すらも通じない可能性がある。

暁明鳥は金属を擦り合わせたような鳴き声を上げたと思えば、再び浮遊した。片翼を振り上げた瞬間、棘にも似た細い羽が飛んでくる。

「土よ、壁となれ！」

俊耿は堅牢な土壁を作り上げ、羽を受け止めた。羽が壁に突き刺さった瞬間、全身が熱く痛む。宇航ほどではないがこの鳥の力も強い。脂汗が流れ、白髪が額に自然と張り付く。

「土の五行を使えるやつは壁を作れっ。弩で目か足を狙え！」

泰然の指示に仲間たちが素早く動いた。

作り上げてもらった土くれを背に、俊耿は一度術を解く。

「俊耿、お前は隙を見て先に行け」

「あなた方を見捨てろと？」

「見捨てる？　オレたちがこんな鳥に負けるわけないだろ」

泰然はにやりと笑った。周りにいる人間、全員が自信ありげにうなずく。

眉をひそめ、俊耿は思案した。暁明鳥は強い。皆、まともにやり合う覚悟らしいが、無傷で済むはずはないだろう。

仔静のことを思い出す。死をもって、命を賭して美玲の下へと導いてくれた彼のことを。

泰然や住人たちが死ぬのは、正直言っていやだ。だが、自分が見事宇航を倒すことができたなら――鳥の動きを封じることも可能ではないだろうか。

敵の頭を叩き、全てを終わらせることができるのは、自分しかいない。

数秒ののちに決意する。

「わかりました。言葉に甘えましょう」

「ああ。暁華と一緒にとっとと帰ってこい」

「あなたたちも……どうか、無事で」

「心配すんな。鳥肉は好物だからな」

泰然の物言いに、全員が、笑った。複雑な笑みを浮かべたあと、俊耿は土くれの壁から静かに様子をうかがう。

暁明鳥が、飛んだ。前からではなく、空中から攻撃しようともくろんだのだろう。

「走れ、俊耿！」

泰然が雄叫（おたけ）びを上げ、俊耿の背を突き飛ばす。

たたらを踏みつつ、俊耿は全力で走った。ぬかるみに滑り、泥にまみれてもなお、振り返ることをせず。

羽の追撃はこない。暁明鳥がまた、鳴いた。

「お前の相手はオレたちだっ」

刃物と何かがぶつかる音。痕術を発動させる声。軽く揺れる石畳。

それらを背に、俊耿は振り返らず進む。せっかく彼らが、仲間が作ってくれた好機を見逃すわけにはいかない。

悲鳴と血の匂いが耳と鼻に滑り込んできても、立ち止まることを許しはしなかった。

「……しるべとなれ、光よ」

少しずつ、五感を刺激していた匂いや音が遠ざかっていくのを確認し、環首刀を抜き放つ。刀身の先に薄い光源を生み出せば、辺りの様子が僅かに露わとなった。

途中まで崩れた壁が左右にある。文字らしきものと蛇に似た生き物が刻まれたそれは、曲線を描いていたのか。なんらかの骨、あるいは丸めた爪を連想させる壁は、奥が細い。

沼地からか草木からか、鼻をつく悪臭に構わず、気を引き締めて先を行く。道と壁の作りを見て、どうやら元はヒョウタン型をしているのだと気付いた。中央部、一番狭まった箇所に差しかかったとき――

「遅かったな、半端者」

場にそぐわないほど柔らかな、宇航の声が響く。思わず身構えた俊耿をどこか遠くから見ているのだろうか。すぐ近くに姿はない。

「奥に来い」

言われて、呼気を整えるように鼻から息を吐く。

声に導かれるまま、石畳の道を進んだ。邪魔立てする夢魔も鳥も、見当たらなかった。

しばらくすれば、難なく一番開けた場所に出る。

真っ正面にあるのは、壊れた玉座らしきもの。玉座の横にあるのは石の台座だ。

「暁華！」

その上に、愛しいものの姿を見つけて叫ぶ。泥で汚れた服に包まれたまま、彼女はぴくりともしない。

「騒ぐな、耳に響く」

「……宇航」

玉座の裏から現れ、満面の笑みを浮かべる叔父を、俊耿は憎しみを込めて見つめた。

「仇（かたき）を見るような目で睨むな。別にこの娘を殺したわけでもなし」

肩をすくめ、宇航は朽ちた玉座へと腰かける。　光を灯した環首刀を見てか、忌ま忌ましげに片眉をつり上げながら。

俊耿としては、胎児のようにうずくまった暁華のことが気になる。

微かに覗ける頰は腫れ、青あざができていた。鼻血の痕すら残したまま、彼女は未だ動かない。

怒りで震える手をとどめ、つまらなさそうに金の毛先を挟み持つ宇航に問う。

「あなたは何を考え、彼女という存在をさらったのです」

「滅びを。ただ、それだけ」

「……痕術を持つものを滅ぼす、と？　盤古とやらがあると耳にしましたが」

「ふ、こざかしい賢人に聞いたか。確かにそれはあるな。ほれ、ここに」

嘲笑し、宇航が片手を僅かに浮かせた。その手中には一つの宝玉があり、黒緑の光に包まれていた。時折形を変え、無作為に動く輝き。黒色のきらめきを得た石は、実に不気味だ。

「夢魔の源……」

ぽつりとささやく。空中でのたくるまたたきから、冷気と負の念が漏れ出ていた。頰や手をくすぐる圧倒的な悪意と怖気に、自然と背筋が粟立つ。汗が出る。

身動き一つできない俊耿に、宇航はくつくつとくぐもった笑みをこぼした。

「今は父、連杰が支柱となっておる。このままでも都合はよいが、自我を持つのはいささか面倒。こやつが天乃四霊を呼び起こせば、疾く陰の気をまとわすことができたのだが」

石の上で横たわる暁華を見やり、宇航は地面へ唾を吐く。

「こやつ、儂の手へ猿のように噛みつきおった。下賤の、所詮は器である存在が」

「手を上げたのですか。彼女に」

「殴った。蹴った。それの何が悪い？　尊い土鱗、その王族が直接しつけてやったのだ。礼を言われることがあれど、恨まれる筋合いはない」

当然のように言い放つ宇航へ、俊耿は確かに胃のむかつきを覚えた。

何が尊い、と思う。所詮は滅びた亡国だ。他国を見下していたであろう国の王族、自分の体にも流れている血に、不快感しか抱けない。

冷たい視線に気付いたのだろう。相変わらずつまらなさそうな面持ちで、宇航は告げる。

「藍洙の子よ、よく聞け。土鱗が滅びたとき、他四国、四ツ国も同じく滅べばよかったのだ。父の思念に覆われたこの世は、醜い。そんな姿をさらすことなく、消滅すればよかったものの」

「醜い……？　この世界が、醜い」

瞬間、俊耿の脳裏に浮かんだのは、流浪していた頃の記憶だ。

怪しまれて糞尿をかけられ、村人から罵声を浴びた。嘲笑を受けた。疑惑と妬みの視線も感じた。汚泥をすすり、草を食べ、這いつくばって生きていたときを思い出す。

宇航は笑う。優しい眼差しを作って。

「思うところもあるであろう。ここはすでに人も穢れ、立志を持つことなく惰性で生き、堕落しきった島国よ。我はただ、後生の世に恥じぬよう、この国の在り方を憂いて行動するのみ」

「……破壊するのはそれが理由だからですか」

「正確には土鱗の帝として、四ツ国にけじめをつけさせてやろうという親心。慈しみというもの。二百年前の過ちを、今、精算させてやろうというのだからな」

「滅ぼしたあと、あなたはどうするのです」

「一度死ぬ」

きっぱりと言い切る宇航の言葉に、俊耿はあからさまに眉をひそめた。

「土鱗の復興、と言っていたはず。それは？」

「我が寿命はすでに、ないに等しい。だが」

宇航はこれ以上なく愉快そうに、人差し指を俊耿へと向けて、微笑む。

「汝がいる。汝の体がある。盤古によって天乃四霊が陰の気をまとえば、汝も死する。死体という抜け殻に、儂の魂を入れれば済むことよ」

「まさか……そのために暁華をここへ」

「聡いな。『霊胎姫』をわざわざ手にし、土鱗に来たのは汝をおびき寄せるため」

らんらんと金の瞳を輝かせ、彼は立ち上がり、両手を広げた。

「儂の魂の器、それになることを光栄に思え。何よりの名誉と。豚との半端者という立場の汝だが、土鱗の帝となれるのだ。感謝してその身を明け渡せ」

「断る」

即断する俊耿に、宇航はくすくすと笑みをこぼした。

「居場所。汝、それを欲するか？」

俊耿は思わずぎくりとする。なぜそれを、と言いかけて、泰然の持っていた暁明鳥の羽が鍵なのだと悟った。

夜の邸店で暁華と話をしていたとき、泰然も少しの間そこにいたという。

声すら宇航に届いているなら。全ての羽が、鳥が、内偵の類いなのだとしたら――

「ならば儂が与えてやろう。ここが、新たな土鱗こそがお前の居場所なのだ」

「断る、といったはず」

力の差に内心で身震いし、しかしそれは一瞬だった。答えは、もう、出ている。

「つまらん男だな」

聞き分けのない子どもを見るような面持ちで肩をすくめ、宇航はふと、片手を石の台座へと向けた。

「起きろ、小娘。早う天乃四霊を呼べ」

拳を作り、暁華の頭を殴る。びくりと体を跳ねさせた彼女は、怯えたように瞼を開けた。

「暁華っ」

「しゅ、んこう……」

叫びにだろう、彼女が顔を上げ、一つ呻く。

灰色の瞳は虚ろだ。乾燥した唇が切れ、そこからも血が出ている。

「誰があれと話をしろと言った」

「きゃっ」

宇航が二つに分かれている髪の房を掴み、暁華の首を無理やり上げさせた。

「くる、し……」

「爪を一枚ずつ剥げば言うことを聞くか？　それとも肌の皮を剥いでやればよいか？」

「宇航！　それ以上彼女に手を出すな！」

思わず駆け出し、髪を掴む手を切り落とそうとした、そのときだ。

背後から微かに殺気がし、横に飛び退く。衣を掠めて、なお勢いを落とさなかったのは、暗がりから投げられた飛刀二本。

まっすぐ狙いを定めた二つの刃は、しかし、宇航には効かなかった。長い袖で打ち払われ、地面に落ちる。

「また邪魔者か」

「この世において邪魔者は貴様の方だろう」

冷ややかな声に俊耿が視線をやれば、全身に血を浴び、それでも凛とこちらへと歩みを進める傑倫の姿があった。

片手には曲刀。銀の瞳は戦場をくぐり抜け、異様に輝いている。整った顔に狂気を込め、彼は静かに中へと入ってきた。

　宇航が疲れたような嘆息を漏らした。これ以上なく、退屈そうな顔をして。

　彼はいささか乱暴に暁華の髪を放すと、嘆くようにかぶりを振る。

「無能な帝風情が。土鱗の地を踏むとは恐れを知らぬうつけ者よ。それとも、何か？　この娘に、妹に、思うところがあるのか？」

「ない」

「ならば静かにしていてもらおうか。大事な話をしているのでな」

「それを殺せば、全て解決だということが、わかった」

「傑倫……！」

「邪魔立てするな、呪痕士。小より大を取るのは、一国の帝として当然のことだ」

「何も思わないのですか、暁華のあの姿を見て！」

「今更」

　俊耿が睨み付け叫んでも、傑倫の冷たい瞳は変わらない。

　三人の間に、妙な沈黙が流れた。遠くでは未だ交戦の音が響いている。地鳴りもしている。土埃が無言の帳を裂くように、微かな音を立てて三者の間に落ちた。

　俊耿は腰を軽く落とし、光を灯した環首刀を握り直す。横目で確認するも、暁華は動かない。動けたとしても宇航がすぐ側にいる。逃がすのも助けるのも至難の業だ。

　一方の傑倫も、迂闊には間合いを詰めないでいる。もしかすれば、宇航が手にする盤古の気に圧されているのかもしれない。刀剣の腕はどのくらいなのだろう。泰然より強いのか、それ以下なのか。

暁明鳥と戦っているはずの泰然、仲間たちのことも気になる。だが、それより今、俊耿の気がかりなのはこの状況下と暁華のことだ。

「まずは邪魔者を排除するか。愚かな帝よ、盤古の力、とくと見るがいい」

笑う宇航が、動いた。

手にした宝玉――盤古のまたたきがうごめく。と、次の瞬間には無数の棘を作り、一斉に射出してきた。

「光、満ちよ！」

俊耿は叫び、光の痕術を発動させる。心臓が脈打つ。全身から、力の全てが刀へと吸われていく感覚。浮き出る冷や汗を照らす輝きは、白い。

肉の焼ける臭い匂いがし、傑倫を狙っていた棘は音を立てて消滅する。そのまま彼は走る。宇航の方へ、迷わずに。

「ふっ！」

「盤古」

横薙ぎに繰り出された曲刀が、闇の腕によって摑まれた。鋼同士がぶつかる音。火花。

微笑む宇航を尻目に、しかし傑倫も、笑う。

「光よ」

「なっ……」

宇航はじめて動揺する。閃光が走った。俊耿が抑えて放った輝きとは違う、強烈な輝きだ。

「光源士……！」

「どうやら気味の悪いそれには効くようだ」

いっそ獰猛な笑みを浮かべた傑倫は、そのままねじ切るように闇の腕を切り落とす。

刹那、俊耿を見る。一瞬の目配せ。それを逃すほど愚かではない。

俊耿もまた、駆け出す。環首刀を両手で握り、片手で闇を繰り出そうとする宇航との間合いを詰めた。

「どうにかせい、盤古！」

「光、我を糧にして輝け！」

うねる闇の塊を打ち消すよう、叫ぶ。差し出された手のひら、球体の暗黒が生まれたそこへ迷わず刀剣の刃を突き入れた。

「ぎっ……」

宇航の顔が歪んだ。鼻をつく焦げた匂いが満ちると共に、俊耿の周囲に血の玉が飛ぶ。

手のひらの奥まで差しこんだ環首刀に、抜けることがないよう全体重をかける。体が痛い。脈が速くなる。生気そのものが吸われ、今にもへたり込んでしまいそうだ。

膝は笑い、手は震え、汗が額と頬を滑り落ちていく。それでも目を見開き、全力で光を灯し続ける。命を賭けて、寿命をすり減らし放つ光は、盤古の闇をものともしない。

「放せ、下郎どもっ」

宇航の叫びに宝玉が、盤古が暴れる。二つの光から逃げるように。隠れるように。

周囲の天井や壁を壊し、瓦礫を作り上げる暗黒は、暴走している様子を見せた。ときに爪となり、刀となり、形を変えて玉座と周辺を破壊し続ける。

それらを打ち払っているのは傑倫だ。彼もまた咆哮を上げつつ、光を生み出しながら的確な刀捌きで闇を消滅させていく。

「やめろ、やめろ！」

宇航がたたらを踏んだ。逃れたい一心か、それとも精神の均衡を失いつつあるのか。

俊耿は微笑む。自然と、穏やかな笑みが浮かんだ。

「宇航、我が叔父よ。土鱗の再興などもうないのです。叶わない。叶えさせない。半端者の私がお供をいたします。どうか心安らかに、お逝きなさい」

「死ぬ気で、はじめからっ……」

焦燥の声に目を閉じ、体力が奪われていくことにも構わず、光を増幅させる。

少しずつ顔がこけていくことが、俊耿にはわかった。命の灯火が音を立てて瓦解していくのも、全身で受け止めていた。

痛み、苦しみ、そして、哀れみ。その全てを力にして光を生み出し続ける。

（……暁華）

瞼を開け、交戦の後ろで未だ眠る彼女を見つめた。

恐ろしい。彼女を一人残し、この世から去ることが。

いずれ暁華が自分を忘れてしまうのでは——そう思うと、今にも胸を掻きむしりたくなる。

（暁華）

だが、少しの間でも思い出になれたなら、それでいい。こびりつく染みのように、彼女の心に僅かな爪痕を残せたのならば、充分過ぎる。

震える宇航の肩を握り、自らの方へ抱き寄せた。

「放せ、この半端者風情が……」

声に覇気がない。自分を突き飛ばそうとする手に、力がほとんど入っていなかった。

道を違えていたら、生まれが違っていたら、もしかすれば自分も宇航のようになっていたかもしれない。ふと、そんなことを思った。

だが、自分がそうならなかったのは、ただ、暁華がいたから。

「傑倫っ！」

決意し、嗄（か）れた喉で声を張り上げた。

「帝使いが荒い！」

徐々に弱まる闇のうねり。それを打ち払い、切り落とし、傑倫が刀身に光を集中させた。

「おぉぉおっ！」

雄叫びと共に振るわれた曲刀が、自分の首ごと宇航を討ち取ると思った。

だが、軌道は逸れる。首を落とすのではなく宇航の背面に、深々と傷を負わせた刀身。のこぎり刃が袈裟切りに背中を切り裂いた。

絶叫も、嘆きも、何もなかった。

びくんと一つうごめいて、宇航は倒れていく。

引っ張られ、つんのめる俊耿の体を支えたのは、誰でもなく傑倫だ。

「なぜ、私を？」

「殺さなくていいものを殺すのは、道理に反する。それだけだ」

疲労困憊（こんぱい）、といった様子で、彼の手から曲刀が落ちる。乾いた音が空間に響いた。

そのまま二人で尻をつく。互いに呼気は荒く、立ち上がるのすら、俊耿には億劫（おっくう）過ぎる。

虚ろな状態のまま、宇航の様子を確認した。延髄にまで刃が到達したのだろう。完全に事切れている。口の端から血を流し、背中から溢れた血溜まりの中、見開いた瞳をそのままに動く様子はない。

「……あなたが光源士だとは知りませんでした」

「賢人の秀英しか知らんこと。あれにも教えていなかった」

眠る暁華を睨み付ける傑倫に、俊耿が苦笑をこぼしたその、刹那。

今まで以上に、背筋が凍るような寒気がした。

はっとして宇航を見れば、血の塊が空中に浮いている。その中心には——闇。

暗黒が蠕動するつど、血液が少しずつ宝玉――盤古の闇に吸われていく。心臓のように脈打つそれは赤黒く、何事かと身構えた瞬間だった。

閃光が走り、体を起こそうとした傑倫の右肩を、射貫く。

「ぐっ……！」

「傑倫！」

貫通した肩からは血が溢れている。痛みにだろう、顔を歪ませ地面に背中を預けた傑倫の様子に、俊耿もまた、身を起こした。

『体を、よこせ』

「……ッ」

しわがれた声が脳内に響き、目を見開く。

『体をよこせ、藍洙の子。盤古と一体になれ。土鱗をよみがえらせい』

疼くこめかみを押さえ、片膝を突いた俊耿は、気付いた。これは宇航の声ではない。もっと歳がいったものの声音だ。

宇航は言っていた。盤古の支柱は、連杰だと。

「連杰」

呟けば、呼びかけに呼応するがごとく、闇を内包し、血で周囲を固めた宝玉――黒と赤の盤古が、震えた。

憎しみ、恨み、妬み――この世全てのどす黒い感情をこり固めたら、今、俊耿が感じている感情になるのだろうか。思念はやむことなく頭を苛む。いや、全身が震えている。悪寒に頭痛、吐き気、冷や汗。

「っは……」

苛烈な異変だ。体を縮ませ丸くなり、中へ入り込んでこようとする思念に耐えた。目を閉じても鮮明な、驚異的な連杰の情念が心臓の脈を速める。苦しみと痛み、それ以上の混沌とした狂気が心身を襲う。

頬を掻きむしった。二の腕を抱き締めた。どれも、だめだ。落ち着かない。

片方の瞼を開け、宝玉を見つめる。猫の瞳にも似た、血と闇で作り上げられた盤古は、空中に浮かんで点滅を繰り返していた。

下に投げ捨てられた宇航の体にはすでに水分がなく、細い木の幹のように乾き切っている。傑倫すら、閃光の一撃がひどかったのか倒れ伏して動く様子はない。

「っ、あ、あああ！」

闇が明滅するつど、怨嗟そのものが俊耿を襲う。頭を床に打ち付け、地面の土に指を食いこませても、心がむしばまれていく忌避感は堪えがたいものがあった。

——妬ましい。

（誰が）

――殺したい。

（誰を）

――滅したい。

「ち、がう……やめろ……」

理性をこじ開けて入り込むように、連杰の本能――狂気じみた思念が滑り込んでくる。生理的な涙が出た。ぜいぜいと息が切れる。交互に浮かぶのは引きつった笑みと泣き顔だ。頭をむしり、音を立てて髪を抜く。しかし、苦痛は憎しみを呼び起こす糧にしかならない。

光と闇、二つの火花が踊る脳裏に浮かぶのは、生々しいほど鮮明な死体だ。蛆がたかり、鼻や頬肉をこそげ落とされ、目をくりぬかれたそれは、人間の尊厳を破壊されている。乱雑に散らばった宝飾品だけが戦のかがり火に輝き、蠅を呼び寄せていた。

これは祖父の、連杰の死体なのだと確信する。夢魔になった、盤古と一体化した張本人だ。

「ああ……！」

あらゆる憎悪が、俊耿の中に入り込む。天井を見上げて狂ったように哄笑する。

（殺したい。殺したい。殺せ。殺せ、殺せ、殺せ、殺せ、殺せ、殺せ）

飛び出すほど、目を見開いた。知らずのうちに血涙が流れていく。

次々に映像は切り替わった。陵辱され、殺される女性の苦悶が耳にこびりつく。子どもを火炙り（ひあぶり）にし、槍で突き刺し哄笑する兵の姿も見えた。命乞いする老人の頭を、無造作に鋭い刀剣が貫いていく。

「はは、はははっ」

俊耿は笑い続けた。憎しみと怒りの狭間（はざま）で、ただ笑った。

醜い。人は、醜い。嫉妬で狂った四ツ国、それらの人間がいかにおぞましい行為に及んだか。

美しい白塗りの宮を破壊し、至宝を持ち逃げし、土鱗の民を虐殺して回るその姿に、怒りが募る。

（ならば、私が）

引きつった笑みを浮かべ、幽鬼のように立ち上がった。

（土鱗の血を引く、『我』こそが）

先程までの悪寒が消えている。頭痛も冷や汗もない。

明滅する闇の宝玉に視線をやれば、放たれる暗闇が、心地よいほどの風を作り頬を撫でてくれていた。

その風の感触は、母の手の温もりに、どこか似ている。

微笑んで、宝玉へと指を伸ばしかけた、そのとき――

「だめ、俊耿」

耳障りな声がする。微かに耳に入る声に、そちらへと視線をやった。

「だめだよ、俊耿。飲みこまれちゃだめ」

石造りの台座から下り、ふらついたのは――『霊胎姫』。

「邪魔をするな、小娘」

喉から勝手に声が出る。自分のものではない声が。

娘は悲しげに笑う。灰色の双眸をしっかりとこちらに向け、視線を外すこともせず、腫れた頬をそのままにかぶりを振った。

「俊耿に押しつけないで。悲しみと苦しみを背負わせないで」

「愚か。血の繋がりがあればこそ、民の思いにしたがうは道理」

せせら笑い、俊耿は転がっていた環首刀を拾う。

まずは誰から殺そうか――周囲を見渡し、野獣のような笑みを浮かべた。

娘がよろめきながら、一歩、踏み出すのが見える。瞼を伏せ、ゆっくりと左右に腕を広げていった。

「まずは死にたいらしい」

犬歯を剝き出しに言うと、一瞬にしてそれの表情が変わった。

――その瞳は、金。

何かを決意した表情に気圧された瞬間、娘の胸元が黄金色に輝く。

まばゆい光の中にあるのは、一本の曲笛。

金色に光る笛を手にして、娘はなめらかな口調でそらんじる。

滞嵐山炎生之朱雀（滞嵐山に炎生じるは朱雀）
呼光岩場姿成之白虎（呼光岩場に姿成るは白虎）
居粒森林覚醒之青龍（居粒森林に覚醒すは青龍）
満宜湖至居之玄武（満宜湖に至り住むは玄武）

唱えていくたび、娘の体が宙に浮く。裳裾と上衣をたなびかせながら。

「我、『霊胎姫』也」

滔々と紡がれた直後、娘の腹部から四つの輝きが漏れ出る。僅かな、ちっぽけな光はしかし、すぐさまそれぞれに姿を変えた。

炎を帯びた鳥、朱雀。

長首を持つ虎、白虎。

緑にきらめく、青龍。

蛇が巻きつく、玄武。

「おお……！」

天乃四霊の登場に、俊耿は感嘆の声を上げた。

そう、これを穢し、盤古の力で陰の気をまとわせなければならない。

「待っていたぞ、天乃四霊！」

叫んだ刹那、天乃四霊が放つ柔らかなきらめきが、粒子となって体へと入り込む。

「俊耿、戻ってきて」

空中で曲笛に唇を当てた娘は、静かに音色を奏でる。金色のまたたきが大きくなるさなか、丸みを帯びた曲調が周囲に響き渡った。温かく、優しい笛の音を聞いた瞬間、拒絶するように己の体が跳ねる。

『霊胎姫』が吹く曲笛の音に、どこか聞き覚えがあった。そう、この曲を知っている。白いボタンが描かれた笛のことも。脳裏に浮かび上がるのは凍原に森、ヤナギの林、ホタル――柔らかい香りの、陽茉莉花(ひまりか)。そして。

笑顔が脳裏を掠める。陰に隠れた背姿が、遠くにある。

「あ、ああ」

(お前は王族の使命を果たすのですよ)

手を伸ばそうとした瞬間、別の女の声がする。これは、わかった。母の声だ。甘いまどろみにも似た、藍洙の声だ。

「我は」

今すぐ母の胸の中、眠りたい。そう思うのに、目にも鮮やかな輝きがホタルのようにまとわりつき、耳から入り込む静かな音色と共に、体全体と心の内をかき乱す。

「うあ、ああっ」

きらめきが邪魔くさい。曲と光がうっとうしい。四肢をばたつかせ、足掻く。もがく。治まったはずの頭痛が、悪寒が再び俊耿の体で暴れる。

（俊耿！）

厳しい声から逃れようとした。だめだ、こだまのように鳴り響き、聴覚を揺さぶっている。血反吐（ちへど）を吐き、環首刀をあちこちに振り回した。苦しく、息が切れる。その間にも滑らかな曲笛の音と声はやむことなく響き、頭の中へと入り込んでくる。

「わ、れは」

天で飛び跳ねる四霊を見上げた。赤、白、緑、黒。まばゆい光はただただ、美しい。

そのさなか、陽炎（かげろう）のように姿が浮かぶ。三人の姿が。

藍洙の幻が見える。

宇航の幻が見える。

連杰の幻が見える。

誰もが優しい笑みをたたえ、こちらに手を差し伸べていた。

（（お前の居場所は、土鱗（ここ）だ））

宝玉を見る。闇と血で作られたものを。夜霧よりも深い暗闇に、笑う。

（俊耿っ）

同時に脳内で弾けた声。まっすぐに、ただ自分を求めてくれる声音。

誰よりも愛しいものの叫びと、笛の音。

「『私』は」

直後、両手で環首刀を握り締める。

「私の居場所は私が決める！」

光よ、と白いまたたきを生み出し、刀剣をそのまま宝玉へと振り下ろした。

環首刀が光を帯びたまま、三人の幻と共に闇を裂く。宝玉が真っ二つに割れた。

蝿の群れのように拡散した暗黒――夜霧から金切り声がする。

隠れるように散らばるそれを、俊耿は逃さない。

「北に出でるは玄武！　南に出でるは朱雀！　西に出でるは白虎！　東に出でるは青龍！」

頭の中に浮かぶ単語が、口を突いて出る。

体を苛む苦しさや辛さは感じない。柔らかな金色と『暁華』が奏でる音が大きくなるつど、周囲を飛ぶ天乃四霊が大きく成長する。呼応して生気が満ち足りていくようだ。

玄武が地を踏みしめ、土くれで闇を突き刺す。朱雀が焔で霧を焼く。白虎の哮（たけ）りが宝玉に罅（ひび）を入れる。青龍が爪を立て、罅割れを大きくしていく。

「玄武、朱雀、白虎、青龍」

天乃四霊を呼ぶ声音に、俊耿は刀を落として後ろに飛び退いた。

暁華だ。彼女が空中から地面へ着地する。いつの間に治ったのか、頬の腫れは引き、鼻血の痕すら残ってはいない。

埃すら一つの装飾具に変え、暁華は俊耿の方へと近付いてきた。ゆったりと衣を風に舞わせて。金の光を携えて。

彼女はこれ以上なく安らいだ顔をしていた。喜びの表情を作っていた。戦場にそぐわないほど、優しげな顔付き。

「我、『霊胎姫』。天乃四霊を使い、五行相剋にて生み出すは——麒麟」

四霊たちが一つになり、白い光になった。ぶるぶると震える暗闇を吹き飛ばす勢いで。

白色と黒い夜霧が混ざり合う。それぞれが勾玉の形となり、渦になる。

陰と陽、二つの均衡を表す大きな模様が、俊耿の目の前にできていた。

そして、金色になる。全てが金色へと変わる。まばゆい光に思わず目を閉じ、瞼を開けた次の瞬間——視界に飛び込んできたのは。

「……麒麟」

鹿の胴体に馬の足、牛の尾と狼の頭部を持った黄金の存在が、いた。

額に長い角を持ったそれは、とても柔らかい目線で俊耿を見る。全ての慈悲をこり固めたかのような視線だ。思わず崇めたくなる。その場に膝を突きたくなる。

麒麟が、静かに頭をもたげて残った闇夜の塊を見た。そして暁華に向き直る。

何かを話したわけでもないだろうに、それでも通じるものがあるのだろう。彼女は曲笛を帯に差し、微笑みながら首を横に振っていた。

麒麟はうなずく。呆然としかできない俊耿の目の前を、暁華が通り過ぎた。

すでに、手のひらよりも小さくなった宝玉があった。壊れ、傷付き、ただ身を震わせることしかできない盤古のかけらに向かい、彼女はしゃがみ込んで語りかける。

「憎いよね。辛いよね。悲しいよね」

幼子に語りかけるような、落ち着いた口調だ。暁華が何度も首肯する。

「あたしのところへいらっしゃい」

両手を差し伸べて、彼女は笑った。闇夜が少し、困ったかのように明滅し、それから動く。金色の粒子から逃れるためにか、夜霧の塊が暁華の体へと流れていった。

「何を……」

俊耿は思わず止めようと腕を上げる。それを押しとどめたのは、麒麟だ。見つめられた瞬間、力が抜けた。何も言えなくなる。

全ての夜霧が暁華の体に滑り込む。ほ、と一つ吐息を漏らして、彼女はしばらくの間、目をつむっていた。

静寂が帳となって辺りを包む。彼女がうなずき、相変わらず笑いながら今度は俊耿の側へとやってきた。

「麒麟。あとはお願いね」

一つ美しく鳴いた麒麟は、体を光の粒に変え、天井をすり抜けていく。

呆然とその様子を眺めていた俊耿の手を、暁華が握ってきた。まだどこか夢心地のような感覚で、彼女を見下ろす。

「助けに来てくれたんだね、俊耿」

「……暁華」

「ありがとう」

彼女の片手が俊耿の頰を包みこむ。まがまがしさも怨嗟もない、朗らかで穏やかな暁華の面持ち。笑顔に安堵し、無事なことを認識した瞬間、涙腺が緩んだ。

「暁華」

名を呼び、強く抱き締める。細身だが柔らかい肢体を、腕の中へ閉じこめるように。

「あなたが無事でよかった」

「うん」

猫に似た仕草で、暁華が腕へと頭をすり寄せてきた。いつもの温もりに、ただ目頭が熱くなる。目を閉じ、うっとりとした様子で身を預けてくれることが嬉しい。喜ばしい。

「みんな、いるよ」

灰色の瞳へ戻った彼女の言葉に、軽く目を見開いた。

「どういう意味ですか？」

「連杰も宇航も藍洙も、みんなあたしの中にいるの。もう、独りぼっちじゃないよ、俊耿」

　脈絡を得ない会話に困惑した。暁華は笑う。何も言わないまま、いたずらっ子のように。

その顔があまりにも普段どおりのものだったため、それ以上問い詰めることができない。

「独りではありません」

「えっ？」

　それでも自然と言葉が出てくる。

　首を傾げる暁華の頬に手を当て、笑った。

「私の居場所はあなたです。あなたが生きる場所、死ぬ場所に、いつも私はいるでしょう」

「……俊耿」

　頬を朱に染める彼女にうなずき、涙をこぼしながら額へ口づけた。

「愛しています、暁華」

「……あたしも、愛してる」

　暁華の顔が熱を帯びたのを、唇の熱さで感じ取る。何度も何度も、小さくうなずく彼女の肩が、小刻みに揺れていた。

　少し乱暴に涙をぬぐった彼女は、ぱっと花咲くような笑顔を作る。

「俊耿。ね、外に行こ」

「そうですね、泰然たちが心配です」

「みんなの傷はね、麒麟が治してくれてると思うよ。だからほら、兄様も眠ってる」

指を差されて後ろを見れば、地面に横たわる傑倫の姿がある。だが、閃光によって貫かれた肩の傷はすでに塞がっており、微かに規則正しい寝息が聞こえていた。

「傑倫を放っていていいのですか?」

「うん。あたしと兄様の道も居場所も、一緒じゃないから」

吹っ切れたように言い切る暁華のおもてには、怯えも何もない。俊耿もその意をくみ取り、うなずくだけにとどめた。

後ろ髪を引かれることもないまま、二人で玉座の間から出る。

しばらく歩くうちに気付いた。腐臭も戦火の音も、何もしていないことに。

そして——

「……光」

外が見えた。細かい金色の粒子が、雨のように降り注いでいる。天を仰げば、麒麟が宙に浮いて夜霧を見つめているのがわかった。

近くまできていた金冥の兵士も、砂漠宮の仲間たちも、泰然も。

全員、一様に夜霧の下に浮かんでいる麒麟を眺めていた。見惚れるように、唖然としたように。

金の粒がヤナギや沼に触れるつど、色や透明度を取り戻していた。腐りきっていた汚泥は今や見る影もない。肌を撫でる風もまた、冷たいが臭気を放ってはいなかった。

「俊耿、暁華！」

歩み寄ったこちらに気付いたのか、泰然が顔を明るくさせる。

「無事で何よりです、泰然。皆さんも」

「ああ。お前さん方も無事そうでよかった」

「ありがとね、泰然。みんなにも心配かけちゃった」

「すみません、あれはなんなんですか？　あの存在が現れた途端、暁明鳥も夢魔も溶けるように消えました。悪い感じはしませんが……」

「相剋の本当の意味だよ。相生（そうしょう）の本当の意味でもあるよ」

嵩の問いに答えたのは、暁華だ。

「なんだって？」

「生をもって死となる。死をもって生となる。この二つが完成された姿が、麒麟。盤古と対（つい）をなして、盤古の死と共に生まれる新しいもの」

「つまり、夜霧を消すことができる存在」

「うん」

俊耿が付け足せば彼女はうなずく。両手を広げ、爪先立ちになった。

「夜霧を消して、麒麟。あたしたちに朝を」

暁華――否、『霊胎姫』の願いに呼応するかのように、麒麟は美しい鳴き声を上げた。

優しく、なめらかな歌のごとき声だ。

麒麟の全身がきらめき、一層まぶしくまたたいて、弾ける。

空が金色に制された次の瞬間、ごう、と一つ大きな風が吹いて——

夜が、消滅した。

麒麟の姿もまた、同じく。二つが消え去ったあとの空は藍色をしており、白い粒のようなものが無数にきらめいている。

「あれは……星?」

周囲がざわつく中、俊耿は文献で見たまたたきに釘付けとなった。

その奥、今までは夜霧によって隠されていた山稜と海の奥。水平線から、何かがせり上がってくる。橙色をした、大きい何かが。

「夜明けだよ、俊耿。これが本当の朝」

燦々(さんさん)とした輝きを放つ、円形のそれ。橙と赤みを帯びた光は暖かく、俊耿が見たどんな輝きよりもまぶしかった。

「黎明(れいめい)」

本の中でしか知らない言葉。

誰もが焦がれていた真の光。

たった数文字の単語に、どれほどの気持ちを込めて人はそう名付けたのだろう。

生けるものの影を伸ばす、はじめて見る本物の陽(ひ)に、俊耿は万感の思いで目を細めた。

勝ちどきの声があちこちから上がる。仲間や兵たちの誰もが肩を組む中、踵(かかと)を下ろした暁華へと近付き、横に並んだ。

「……私には少し、まぶしいですね」

「うん。今ならわかるよ、俊耿の気持ち」

暁華は若干寂しげに、微笑んだ。俊耿は黙って彼女の手を取り、強く握る。

はじめての朝焼け――黎明は、あまりにも美しく鮮やか過ぎて、怖かった。

※　※　※

戦いで命を落としたものは、美玲が予想していたよりかは少なかったようだ。

金冥の兵と砂漠宮の住民、会わせて二十数名。麒麟の力があったとはいえ、治癒が間に合わず死に至ったものもいる。

「空、青い！」

「暗くないね、まぶしいね」

「こ、こら、お前たち！　まだ夢魔がいるかもしれん。勝手に外に出ては……」

「ふわふわしてるの浮かんでる！　なんだろー」

「大人の注意を聞けっ」

無邪気な声がこだました。子どもをはじめ、住人が宮と共に浮上し、走り回っている。

その一方で、亡くなった肉親や恋人、友人の姿に涙を流すものも多くいた。

俊耿は医者として、参戦した住民の様子を診て回っていたが、生き残ったものに大きな異常は見受けられない。体力を使い果たしたのか、それともこれも麒麟のなせる技なのか、ただ黙って眠っている。それもまた一人、一人と起き上がりはじめてはいた。

「俊耿兄ちゃんっ」

亡骸へ手を合わせていたとき、恩の声が高らかに響く。

息を切らし、そばかすだらけの顔を赤くして、少年はすぐ近くまで駆け寄ってきた。

「恩」

「……あれ？」

「どうしました」

「あっ、ううん。なんでもないよ！」

振り向いた俊耿に戸惑ったようなおもてをした恩は、すぐに笑顔になる。

「暁華姉ちゃん、助け出せたんだよな？」

「ええ。あなたのおかげでもあります、恩。ありがとう」

「へへっ。悪いやつ倒したんだ、よかった」

鼻の下をこする恩に、俊耿は曖昧に微笑んだ。

記憶がある。四ツ国が土鱗を蹂躙したときの記憶が、確かに。盤古が、いや、連杰が見せた光景は今でも胸にしこりとなり、沈殿するかのようにこびりついている。

宇航は果たして悪だったのか。『悪いやつ』だったのか。俊耿にはわからない。ただ、自分にとってかけがえのないものを奪おうとしていた、それだけが真実だ。

命を、体を奪おうとしていた相手に、生温い感情を抱いていると思われるかもしれない。しかしどうしても、一度自分を支配した負の感情が、叔父を絶対的な悪として考えることを許してはくれなかった。

「どうしたんだよ、俊耿兄ちゃん。暗い顔して」

「……いいえ、大丈夫です。それより暁華は」

「あっちで美玲様とお話ししてた……あっ」

「よう」

先程まで惚けたように空を眺めていた泰然が、ばつの悪い面持ちで俊耿たちの側に歩いてくる。恩がむすっと頬を膨らませ、目線を逸らすのを俊耿は見た。

「お疲れ様です、泰然」

「あんたもな」

首の筋をやられたのか、彼の首には包帯が巻かれている。

「赤毛」

「なんだ、ちび」

恩が一つ、地面を踏み付ける勢いで一歩、前に出た。

「……お、お前も頑張ったならほめてやるぞ！」

「へいへい。素直じゃないな」

「うるさいっ」

顔を真っ赤にし、それだけを言うと、恩は子どもたちの元に駆け出していった。

「まだ嫌われてるなあ、あいつに」

「そうですね」

手に持った竹かごから包子を取り出し、泰然は苦笑する。

「この空に、海。他の王邑(おうと)じゃ混乱してるだろうな」

「でしょうね。いきなり夜霧が晴れたのですから」

俊耿はうなずき、石に腰かけると、包子を頬張る泰然が食事を手渡してくれる。

水が入った竹筒と共に受け取り、なんとはなしに空を見上げた。

青い。どこまでも澄んだ水色の空だ。白い綿のようなものは、きっと雲というものだろう。薄くたなびく雲と、天に鎮座し輝く太陽。文献でしか知らなかった存在に、ただ黙って目を細めた。

「俊耿様、泰然様」

直後、裳を引きずり、美玲がこちらへやってくる。先程まで暁華と話していた、と恩は言っていたはずだが、彼女の姿は見当たらない。

「お疲れ様でしたわ。皆様がご無事で、本当によかった」

「お前さんも気が気でなかったろ。同胞を死なせちまったわけだしな」

「はい。志願して下さった方、とはいえ、苦楽を共にした仲間ですもの。悔やみきれませんの」

うつむく美玲に、慰めるのは言葉でもできる。だが、俊耿はそうしたくなかった。彼女の痛みと自分の痛みは違う。悲しみも、苦しみも、共有するのは自分の役割ではないはずだ。

「これからどうするつもりですか」

「……そう、ですわね」

あえて問えば、美玲は無理やりに笑みを作って顔を上げる。

「この砂漠宮は破壊してもいいと考えていますの。遺恨を残さず、どこかの土に返そうと」

「なかなかもったいない気もするがな。お前さんと一緒にいる連中の処遇は？　他の中邑(まち)や邑(むら)に行かせるつもりか？」

「彼らを望む場所へ送っていければ、そう思っていますわ。ただ、現在どこも混乱に陥っているはずですので……傑倫様に頼み、一時(いちじ)、金冥に身を置かせてもらえればとも」

慎ましげな返答に、はぁ、とため息をついたのは泰然だ。嘆きと呆れ、多少の苛立ちがこもっているように俊耿には感じられた。

「ちょっとこっち来い、美玲」

「え、ええ」

小首を傾げる彼女の手を引っ張り、泰然は大股で砂漠宮へと戻っていく。

（傑倫に頼るな、と言いたげですね）

自然と口に笑みを浮かべた俊耿は、二人の背中をただ見送った。

彼は次の帝候補なのだ。金冥ではなく炎駒に身を寄せろと、美玲を叱るのかもしれない。

平和的なやりとりに、今更だが疲労感がどっと押し寄せてきた。水を飲み、包子を咀嚼する。甘い味付けの豚肉が、疲れた体に染み渡っていくようだ。

風も、次第に緩やかで暖かくなってきた。簡易な食事を終えて辺りを見渡せば、子どもたちだけでなく、砂漠宮の住民たちも透明な水や青空に向かい、歓声を上げているのがわかる。金冥の兵たちが止めても、はじめて見る晴天と陽光に、興奮を抑えきれていないのだろう。

陽射しは優しい。朝焼けとは違うどこか丸みを帯びた光が、それでもなぜか、まぶし過ぎる。

「何ぼうっとしてるの？　俊耿」

空に集中していたため、暁華が近付いていたことに気付かなかった。彼女も手に竹筒を持ち、こちらへ穏やかな笑みを浮かべている。

「横、座っていい？」

「ええ、どうぞ」

俊耿が腰を移動させ、座る場所を作ると、暁華も岩の上に乗ってきた。

「ちょっと老けたね」

「誰がでしょう」

「俊耿だよ。鏡、見る？」

胸元から手鏡を取り出す暁華は楽しそうだ。

目をまたたかせ、俊耿は鏡を怖々と受け取る。

鏡に映っていたのは、四十代頃の男だった。金の瞳と銀にも似た白髪は変わらずだが、目尻などに小皺ができている。若々しさは失われた代わりに、落ち着きのあるおもてに様変わりしていた。

水を飲んだ暁華が、申し訳なさそうに肩を落とす。

「あたしのために、寿命を削ってくれたんだね。ごめんね」

「私が望んだことです。この程度で済んでよかった。もっと、こう……」

「なになに？」

「老人になって、あなたに袖にされるかと」

鏡を返し、本音を漏らせば、暁華が朗らかな笑い声を上げた。

「やだ。あたし、俊耿がおじいちゃんになっても好きだよ。そうじゃなきゃ、一緒に幸せになろうって言葉、真に受けないもん」

「受け入れられて安心しました」

彼女の言葉に、俊耿はほっと胸を撫で下ろす。

命すら落としても、悔いはないと思っていた。その覚悟で戦ったはずだ。

る。

なのに今はどうだ。寿命が惜しい。少しでも長い間、暁華の側にいたいと思う自分がいる。

浅ましいのか、情けないのか。判断がつかない。ふと泰然の言葉を思い出す。共に生き、共に死ぬ。それは立派な恋で、愛だと。

卑しくても構わないだろう。自分はようやく、今を生きているのだから。

「暁華、これからどうするのですか。美玲と何やら話していたようですが」

「ん……あたしとしては、泰然に頼っちゃおうかなって思ってるんだけどね。俊耿はどこか行きたい国、ある？」

「あなたの側にいられるなら、どこでも構いません」

「……そっか。それならね」

照れたように肩をすくめる彼女が、口を開きかけたときだ。

「そこの二人」

どこか、なぜか憤然とした顔付きの傑倫がこちらへ歩を進め、目の前で止まる。

「あなたも無事で何よりでした、帝どの」

「何が欲しい」

苦笑する俊耿の労い（ねぎらい）を無視し、彼は言った。

「欲しい、とは？」

「何が欲しい」

「少しのお金と、家。畑を作れるところなら、大きくなくていい。金冥じゃなくてもいいよ」

眉を寄せた自分の代わりに、暁華が答える。

「『霊胎姫』の伝承を四ツ国に告げるが、問題はないな」

「うん」

「暁華、それではあなたが虚ろ子だということも……」

「いいの、俊耿。あたしは死んだことになってるんだって。美玲たち賢人が、上手にそこの部分を考えてくれるはずだから」

「しかし……」

「わかった。家と金だな。それを手切れとする。一度金冥に来い」

「そうする」

それだけ言うと、一瞬、刹那だけ暁華と傑倫の間に沈黙が下りた。だがそれも、本当に一呼吸程度くらいだ。傑倫は、全てを話し終えたというように元来た道を戻っていく。

「これでよし、だね」

暁華が笑うも、俊耿はどこか納得がいかない。

「あれだけの会話でよかったのですか」

「だってこれから必要になるじゃない。家もお金も。お腹の子のために」

さらりと言われたものだから、正直彼女が何を言っているか理解できなかった。

必要。家、金。――子。

「……今、なんと？」

「あ、これ、多分なんだ。でもここ二の月、月のものもきてないし。ちょっと吐き気みたいなのもするし」

「……子」

「うん。お腹叩かれなくてよかったよ。顔だけで済んで……」

慈しむように、まだ目立たない腹を撫でる暁華へ呆然とし、それからだ。

やんわりと、じっくりと喜びがこみ上げてきたのは。

「暁華！」

「きゃっ」

声を上げて彼女を抱き締めた。竹筒が落ち、軽やかな音を立てる。

「しゅ、俊耿。人が見てるってばっ」

「構いません。ああ、あなたという人は本当に……どこまでも私に幸せをくれる」

少し体を離し、暁華の滑らかな頬を手で撫でた。目が潤む。涙腺が緩み、視界が歪んだ。

「私があなたたちを守ります。どこでどう生きようとも。共に、生涯を」

「うん。……うん」

そっと、静かに彼女の腹部へ手のひらを当ててみた。どこか懐かしい感覚がする。形容しがたい空気が伝わる。

怪訝なさまに気付いたのだろうか、手の上に手を重ね、暁華がささやく。

「夜を継ぐ子だよ」

「……？」

「この子は強い力を持って生まれてくる。土鱗の血を継ぐ子。夜を産むの、あたし」

「それは……再び夜霧が生まれる、ということでしょうか」

「ううん。まだ、説明はできないけど。夜霧じゃないから安心して」

くすくすと笑う彼女の様子に、俊耿の理解は追いつかない。

夜を産むとは。強い力とは。一体どういうことなのだろうか。だが、謎よりも不安よりも、幸せの方がまさる。

(例えどのような子であれ、守ろう)

暁華と微笑み合い、決めた。愛しいものが、大切な存在を育んでくれるのだ。これ以上幸福なことはないだろう。

陽射しに臆している場合ではない。この陽の下、青空の下で育つ新たな生命。

――きっと、かけがえのないものになる。

そう、強く強く、感じた。

終章　朝と生きる

「どうして俺は、ここにいるんだ」

緑と青が入り混じる海。空は夜が明けて間もなく、橙の曙光がさざなみにまぶしい。

積み荷を降ろす男たちを見ていた俊耿（しゅんこう）は、褐色肌と灰色の目を持つ青年の言葉に振り返った。

「不安ですか、夜光（やこう）」

夜光と呼ばれた青年——俊耿の息子は、押し黙る。吹いた潮風が互いの髪をなびかせた。

彼の顔付きは凜としており、宇航（うこう）にどこか似ている。目元は若干柔らかく、そこは暁華（ぎょうか）譲りというべきだろうか。

自分の血脈と愛するものの血筋を確実に引く面影に、つい、内心で苦笑が漏れた。

「四ツ国（よつくに）じゃ俺は、異端だろ。だから追放されたんだろ」

「あなたのどこが異端で、追放という結論に至ったのですか」

不機嫌そうに言い捨てる息子へ近付き、おもてを見つめる。まだ十二歳だというのに、彼の背丈はすでに俊耿を追い越そうとしていた。

「肌の色も、みんなと違う」

「そうですね」

「痕術だって俺が一番、誰よりも使える。全部の属性を使える」

「ええ」

「人と比べて成長も早い。変だ」

「奇妙だから追放されたと、そう思ったのですか？」

問いに夜光は答えず、顔を背けた。悔しそうに、辛そうに。

俊耿は笑む。潮の匂いを目一杯吸い込みながら。

「炎駒の帝は渉外のために、と我々を送り出したはずですが」

「泰然様だって、きっと俺のことが手に余ったから……」

「それなら、共に渡航する私のことも蔑ろにした、ということになりますね」

「俺の、せいだ」

灰色の瞳を潤ませて、夜光は唇を噛みしめる。そうすると、大人びた顔立ちが子どものように見えてくるから不思議だ。

いや、事実子どもだった。下手をすると二十歳前後に見える風貌の持ち主だが、息子は成人にも至っていない。

彼は五歳で十の姿に、十歳で二十の面影となった。以来、成長を止めている。寿命はわからないが、外見の若々しさは土鱗の人間と同じだ。成長の速度で周囲から怯えられたこともある。

しかも息子は、五行全ての力を使えた。鳥と会話するすべすら持ち合わせていた。帝となった泰然の後ろ盾があるとはいえ、平和になった四ツ国で、畏怖されたことは数知れずある。

「教えてくれ、父様。俺の居場所は、どこにもないんだろ？」

泣くまいとしているのか、夜光の口調は不機嫌極まりない。今にも足を踏み鳴らそうとする息子の様子に、俊耿はただ、首を横に振る。

「あなた自身が決めることです。居場所も、大事なものも、これから答えを見つけていくのでしょう。そのための力があなたにはあるのですから」

「大陸の文字が読める？」

「ええ、それもあります。大事なものを護る力も備わっている。痕術という力が」

「父様は答えを見つけたのか？」

「もちろん。あなたの傍らが、私の居場所です」

「……俺は恨まれてると思った」

「暁華のことででしょうか」

夜光が何度も首肯する。高く一本縛りにした金髪を揺らす勢いで。

「私はあなたを恨んでも、憎んでもいませんよ、夜光」

俊耿は微笑み、震えている息子の肩を数度、叩いた。いらえはなく、潮騒と鳥の鳴き声だけが大きい。

四ツ国を包んでいた夜霧が晴れ、中央大陸や近くの他国と外交ができるようになり、十二年。炎駒の国を筆頭に、各国はここぞとばかりに、輸出入を船で行うようになった。文化や言語も入りはじめ、今では定期的に使いのものたちが海を行き来している。

俊耿と息子である夜光が今回渡航した先は、中央大陸近くにある馬州国だ。本来はもっと発音が難しく、読み方も複雑らしい。だが、馬州からきた手紙を読み解いたのは、誰でもなく夜光だった。

その夜光を産んだ暁華は、いない。この世のどこにも、彼女はいない。

産後の肥立ちが極端に悪く、それは高価な薬でもどんな食事でも治ることはなかった。

暁華は死んだのだ。俊耿に夜光という大切な存在を残して。

彼女は死期を悟っていたのだろう、今はそう思う。やつれていく暁華を見て半狂乱になり、涙する自分とは異なり、彼女は母――妻として凛然としていた。

暁華は亡くなる前に一言、「幸せ」と言った。微笑みながら、一歳になった夜光と俊耿を抱き締めながら。

それは強がりでもなんでもなく、心からの言葉なのだろう。事実、彼女の死に顔は安らかだった。

四ツ国最後の戦いで、夜霧を腹に宿し、夜光を産み落とした彼女がこうなるのは、必然だったのかもしれない。それを承知であの日、暁華は全ての憎しみの連鎖を取り込んだのだ。

だからこそ俊耿は、嘆くのをやめた。恨むことも憎むことも、絶望することもやめた。

二人という家族から与えられた、短いけれど健やかな時間は、悲しみよりも遙かな温もりで心を慰めているのだから。

披帛を巻き直し、夜光の頭を撫でた。

「いつかあなたにもできるでしょう。居場所と守るべきものが。案ずることはありません。私もそうだったのですから」

「本当に？」

「おや、父の言葉を疑いますか」

「……ううん」

照れ臭そうにした息子は、はかなく笑う。笑うと暁華によく似る。それもまた、嬉しい。

「そろそろ上陸しましょう。通訳に期待していますよ、夜光」

「頑張る。できるだけ」

強がるように口角をつり上げ、夜光は不敵にうなずいてみせた。

曙光が海を照らす中、彼は駆け足で船から下りていく。赤い披帛を風になびかせながら。

まだ子どもで、幼い精神を持つ息子を護り、導くこと——それが俊耿の、生涯最後の役割になるだろう。

（暁華、私たちは朝と共に生きます。あなたが与えてくれた朝と）

まばゆい光に目を細め、輝く海原を見た。

四ツ国は遠く、面影もない。見知らぬ異国の地に、それでも不安など微塵もなかった。

愛しいものと生きる喜びを胸に、父ははしゃぐ息子の方へと一歩踏み出し、微笑んだ。
朝がある限り、朝が来る限り、二度と道は間違えないだろう。
俊耿を照らす陽射しは柔らかい。朝日が昇るつど思い出す。
誰でもない、暁華の温もりを。

【完】

※この作品は「小説家になろう」(https://syosetu.com) に掲載されていたものを改稿・改題のうえ書籍化したものです。
※この物語はフィクションです。作中に同一の名称があった場合でも、実在する人物、団体等とは一切関係ありません。

宝島社
文庫

忌み子の姫は夜明けを請う
四ツ国黎明譚
（いみごのひめはよあけをこう　よつくにれいめいたん）

2024年5月21日　第1刷発行

著　者　実緒屋おみ
発行人　関川 誠
発行所　株式会社 宝島社
〒102-8388　東京都千代田区一番町25番地
電話：営業 03(3234)4621 ／編集 03(3239)0599
https://tkj.jp

印刷・製本　株式会社広済堂ネクスト

ISBN 978-4-299-05526-2